おくて＆タカコの恋物語

Kanji Watanabe
渡辺かんじ

文芸社

一

――これが恋なんだろうか？　と、今日子はその日生まれて初めて感じた。思ったのではない…そう感じたのである。今日子は地方の普通科高校を春に卒業して、地元の、とある老舗《しにせ》百貨店の系列のスーパーマーケットに就職した。その男に初めて会ったのは、会社に入ってから三月が経《た》とうとする六月の末のことだった。その日も開店前から、いつもと同じように働いていた。小売業の仕事は一日が慌《あわただ》しい。会社に出勤すると、開店準備や朝礼やらで息をつく暇《ひま》がない。地方の名門企業のことなので、社員やパートのしつけには厳しく言う会社である。客の前でおしゃべりをしていたり、さぼったりしているのが目にとまれば、職場の上司やパートのおばさんたちから、ありがたくないお小言《こごと》をもらったりする。それがイヤになって辞めてしまう同僚も中にはいる。若い女性の多い職場で、今日子は派手なところのない、落ち着いた感じに見えた。制服のベストやスカートはいつも清潔で、身だしなみを整えて、髪の毛は染めてないし、マニュキアも塗ってないし、客の応対も礼儀正しいし…と、あれやこれやなにかと細かいマニュアルを忠実に守るタイプで、そのうえ性格が几帳面《きちょうめん》なので、周囲からはまじめな女のコと思われていた。

女性の多い職場は女の常で好きとキライがはっきりしているから、うまくベクトルが合えば仕事もはかどるものだが、各人が勝手気ままを言い出したらキリがなくなって困る。会社が朝礼やなんかの折《おり》に、新入社員やアルバイトの手綱《たずな》をしめたがるのもそのためなのかもしれない。が、こういう職場はややもすると因習的になるきらいがある。チクリ、陰口、いじめの三点セットは、ご多分《たぶん》にもれず今日子の会社にもある。会社がイヤで辞めていくコは、要はそれがうっとおしいのだ。気に入らない会社ならすぐに辞めてしまうのも、今の若いコなら特に珍しいことではない。しかし、職場のそうした不文律に従うのを、今日子は意に介《かい》する性格ではなかった。入社して以来、それをイヤだと思ったことも逆らったこともない。なんとも素直なコだ。桜の咲く頃に始まった社会人生活とは、彼女にとって、職場の仕事を手早く片づけてゆくのに取りまぎれて、毎日がただ慌しく過ぎてゆく…そんなものにしか感じられなかった。

その男と今日子が出会ったのは偶然のことだった。夕方になって混みだしたスーパーの店内で、男はさり気ない調子をして、店員の今日子に商品売場を訊《たず》ねてきた。

「ハエや蚊《か》の殺虫剤の売場は、どこにあるんですか？」

あの男が最初にかけてきた言葉がこれである。そして、この男に今日子が恋をしてまともに話をすることができたのは、後にも先にもこれ一回きりになってしまうのを、彼女はまだ知る由《よし》もなかった。その男は、胸ポケットの上に社名の入った上着を着ていた。中背でちょっと太目の男で、どちらかといえば朴訥《ぼくとつ》な感じにも見える男だった。この男を一目見て…眼鏡をかけた目の澄《す》んでいることが、今日子は妙に印象に残った。目の印象とやや童顔に見えるせいで、男の年齢は三十歳を少し過ぎたくらいに見えた。

「ハエや蚊の殺虫剤でしたら、あちらの4番の商品棚にあります」

…と、今日子がその男と話をしたのはこれだけのことで、たったそれだけのことで、彼女はその後しばらく悩むことになるのだから、人の出会いがどんなふうに作用するかは分からないものだ。

今日子が胸騒ぎするような心持《こころもち》を意識したのは、それから少し経《た》って、店内の買物客がまばらになり始めた閉店近くのことだった。あの男のことがなぜか思い出されてきて、ひどく気の重いというか気ぶっせいな感じがするので、否応《いやおう》なしに、これってやっぱり恋なのかしら？　と感づいたわけである。最初は及《およ》び腰になった。が、あえてそれ以上は考えようとはせず、心の機微《きび》に触れてみることもなかった。

なぜといってそれがあまり愉快《ゆかい》でなかったからだ。今日子は十八のその歳になるまで、恋愛というものをしたことがなかった。むろん関心はあるし、女のコなら、高校時代からその手の話題には事欠《ことか》くことはなかったし、彼氏とHするクラスメートだってそんなに珍しくなかった。今日子だってその気にさえなれば片思いしてくれる男のコは少なからずいたはずだが、彼女はいつも恋人を作ることから逃げてばかりいた。今日子に言わせるなら、彼らはどうもピンとこなかったのだ。そんな調子でいたから、今日子は十八歳になっても相変らずネンネで、ついたアダナというのもだから本姓そのままのオ・ク・テさんなのである。

実際に、奥手今日子《おくてきょうこ》という女のコはウブというのかまじめというのか、結婚するまであたしは処女を守ります式の、昔風の貞操観を持つ女のコである。恋人となって夫となる人には、普通の人で好《い》いから、やさしくて包容力のある人で浮気をしない人…エトセトラと、あまり真剣になって考えてみたことがない。異性への好意を情熱へと変える、恋の媚薬《びやく》に当てられた試しがないもんだから、これはという男性にシャイでそっけないのは、高校以来の今日子のクセだった。その点は今時の若いコとは少し変わっているが、乙女心にも十人十色がある。高校を卒業して就職してからも、それはまったく変わらなかった。職場で同じ年頃の女のコたちの、彼氏がどうしたのこうしたのという話を聴いても、今日子はそれが少しも気にならなかった。もっとも、女の純情は同性の間で必ずしも反感を買うものではないから、自分がオクテな女のコでいるのを彼女が気にしなかったのも事実である。

――その夜に仕事を終えて川向こうの自宅まで自転車をこいで夜道を帰る道すがら、今日子は虚《うつ》ろとそぞろの満ち干《ひ》を心の中で繰り返した。頭にふとあの男のことを思いうかべれば、心は昂《たか》ぶってくるし、そのことを忘れようとすれば虚ろになってしまう…これは恋心そのものだ。せつない堂々《どうどう》めぐりが苦しいようでやめられないのは、心がすでにハマリかけた証拠と言える。ただ、今日子がそれを素直《すなお》に受けとれないのは、相手がどこの誰かも知らない男性であるだけに無理もないと言えば、そうも言えるだろう。

なるほど、あの男は少女の初恋の相手となるには、イメージが少しばかりダサ過ぎて見える。女性一般の目で評価したら、冴えない中年になりかけの男といったところか。妙に若ぶればバカみたいと言われるし、黙っていればいたで今度はむっつりスケベとか言われる年齢である。あの男を今日子は三十歳を少し過ぎたくらいと見たものの、男の目顔に惑わされない他の女のコが見るなら、もう三十代の後半と言うかもしれない。それにネクタイをゆるめてどこか疲れて見える男の表情は、脂《あぶら》性《しょう》でテカッていた。あるいはそれをサイテーと感じる女のコもいるだろう。どちらにしても男ぶりはたいしたこともない。だが、今日子はそんな男のどこにひかれたのやら？　なぜかしら、あの男を見そめた際の印象が頭について離れなかった。

時間が経つにつれて冷静になるどころか、むしろ印象が印象を呼び、雪ダルマ式にふくらむのだから始末におえない。あの男の目に当てられたらしいが、それでも見知らぬ男に岡惚《おかぼ》れした事実を認めることにひどく抵抗を感じて、しまいにはものスゴク憂鬱《ゆううつ》な気分すらしてきた。家に帰ってもその気分のおかげで食欲はなくなり、食事のハシもろくに進まないで、彼女の様子が普段と違うのに気づいた母親からそのことを訊《たず》ねられても、「なんでもないの…」としか答えられなかった。それからしばらくして、二階の部屋へ引きこもっていたのがようやくフロへ入るのに、足音を忍ばせて階段を下りていったのが夜中の一時過ぎだった。階下の両親はすでに寝静まっていた。

脱衣所でパンティ一枚になり、洗面台の鏡に映った姿を見てみると、そこにはポツネンとしておののいた様子の自分が立っていた。白いパンティには、あそこの少し潤《うるお》っているのが股間に薄くにじみ出て、黒々とした陰毛がそこだけ透かされて見えていた。下着にTシャツ一枚を着けただけで、部屋で横になっている間になんか変な気分になったのは覚《おぼ》えてはいるが、想像してみただけでこんなことになったのは、むろん今日子にとって初めての経験だった。人差し指と中指をそろえて股間に当ててみると、そこからえもいわれぬ快感が、体の芯《しん》へ溶けてゆくのが分かった。陶然《とうぜん》とするうちに、時間だけが自分をおきざりにして過ぎてゆくという、そんな感じになってしまった。

しばらくして正気に返ると、鏡の中へ赤裸々に映っている自分の姿態《したい》を、今日子は恥ずかしげにながめた。鏡の中にいる自分がどうも他人みたいに思えて仕方がなかった。…と、そこへ急にあの男の息吹《いぶき》を背中に感じたような気がして、彼女は思わず総毛立《そうけだ》った。心臓の鼓動が早鐘《はやがね》のように打ちだした。あの男が近くにいる…とそう思うだけでドキドキしてしまい、それを錯覚と分かっていながら、まるで金縛りにあったみたいに身じろぎもできずに、千々《ちぢ》に乱れる思いは混乱してまとまろうとしなかった。

――こんな所であたしはなにをしているんだろう？

深夜の静まり返った狭い脱衣所で、今日子は声にならぬ叫びを心の中で上げた。自分はあの男を恋人に選ぶつもりなんかサラサラないのに、まるでもう一人の自分がとめるのも聴かずに、自分を抜け出してそこにいるような、奇妙な感じにとらわれていた。たまらない気がしたのは、独《ひと》り歩きする思いを取り返したい一心からだろう。とこうして、降《ふ》ってわいたように現れたあの男の、自分を変な気にさせる印象を拭《ぬぐ》いさろうとして煩悶《はんもん》を繰り返すうちに、今日子のほてった気分はようやく静まっていった。

いつもの自分へ戻ってみると、官能も後ろの方へ退《しりぞ》いていった。汚したパンティを脱いで、他の洗濯物と一緒くたに洗濯機の中へ押しこみ、浴室へ入ってゆくと、すぐに今日子はぬるめのシャワーを浴びた。うっとうしいものを洗い流してしまいたい…と一種のミソギみたいな行為なんだろうか？　思春期に潔癖《けっぺき》なコはけっこういるものだが、潔癖を気どるからごまかしもあるし、過剰反応もあるというのが、まずは実際の話である。だから、今日子がたしかな理由もないのに、あの見もしらぬ男を性悪な人間と思いこんだのも、さほど不思議なことではない。要するにそれは感情の問題だ。しかし、潔癖な人は往々にして自分のドロドロした感情を隠したがり、それを認めようともしない。ただ後味の悪さだけは残る。そんなわけだから、今日子にしてもその日初めて出会った男に、あんな男なんかもう二度とお店へ来なかったら好いんだわ！と、本気でそう思っていたのかどうかはひどく曖昧なものである。それは男にイヤ気をもよおしたその端《はし》から、あの男がヒョコッと買物へ来るのをなんとなく予感していた、その事実からして、憤《いきどお》ろしい気持をチラッとまくってみせながら心の裏地を仄見《ほの》せていたのである。誰かを真剣に恋したことがある人なら、作麼生説破《そもさんせっぱ》で、「これは恋なのか?」と問われたなら、「恋をなくした時に分かるもんさ」と即座に答えられもするだろうけど、今日子という娘はなんにしろオクテであり、発展途上で男性のなんたるかを知らないので、警戒心だけは人一倍に強かったのである。

…翌日になって、あの男は今日子が思っていた通りに買物をしに店へ現れた。昼間は働いているはずだからあの男が店へ来るのは―その日は平日だったので―おそらく夕方のことだろうとふんでいると、案の定《じょう》、男が来たのは閉店に近い、夜の七時を過ぎた頃だった。男は昨日と同じ仕事着の格好《かっこう》で、商品棚をブラブラと見てまわった。今日子はといえば、あの男の姿を見てから顔をそらせてみたけど、内心動揺するのはどうにも隠しようがなく、ツンとした顔が見る見る赤く変わっていった。いくら体裁《ていさい》を装って知らぬふりをしてみても、心は正直なもので、目線はついつい男のいる方へ向いてしまう…と、日用品売場から酒類の棚を見てまわると、それから菓子類とパンの売場を通って酒類棚の前を再び通り過ぎてゆく、という具合に店の中を男はアチコチするので、ところてん式のレジからそれを目で追っている今日子は気が気でなかった。

あまりシゲシゲと売場を見ていたので、「万引きをしてる人がいるの？」と、同僚の女のコに訊ねられたくらいだ。それなのに、ドギマギする今日子の思いと裏腹に、あの男は彼女のレジに一度は並びかけながら、ぎこちなくなって今日子がモタついているのを見てとるや、空いたレジの方へ、他のお客につられてサッサと移っていった。あの男が彼女に気づくことはまったくなかった。男が店から出てゆくのを盗み見して拍子抜けすると同時に、胸に悔しさが沸《わ》き起るのを感じた。昨夜、ひどく悩んでいたのがバカみたいに思えてきた。ともあれ、期待を抱いていたことが袖《そで》にあしらわれると、人間は腹が立つようにできているものだから、今日子という女のコも、もちろん深く考えるまでもなく、ストレートに腹が立ったということなのだろう。

七月に入ると、梅雨の末期のグズついた天気で、雨の降ったりやんだりする日が続いた。朝起きて灰色に覆われた空を窓の外にながめつつ、今日子は陰鬱な気分に沈むことが少なくなかった。実際のところ最近は毎日がそんな感じで過ごしていた。

その日は火曜日だったけど、会社の指定休日で彼女は休みだった。時計を見ると午前十一時で、両親はとっくに仕事に出かけており、家にいるのは彼女一人きりだった。昨夜は朝の四時過ぎまで眠れなかった、というよりは眠らなかった。ここ最近、休日の前はそうやって夜ふかしすることが多くなった。それというのもあの男のせいだ…。男は週に二日くらいは必ず買物に立ち寄るものの、今のところ今日子に関心を示すそぶりは少しも見せない。今日子はその度《たび》にあらぬ疑いをかけてみたり、あるいはヤケな気分になったりもするが、あの男はそんな女心にちっとも気づくことなく平気な顔でいるから、よけい彼女のシャクにさわるのだ。こういう場合に女性はひどく癇性《かんしょう》になるらしくて、この時の今日子の場合がまさにそれである。あの男をどうしても自分に振り向かせたい気がして…女のプライドがそうさせるのか？　そっけないあの男を一度は自分に振り向かせてから、逆にこちらがギャフンと言わせてやりたかった。ついでに言えば、今日子はそんな心づもりを、誰かにぶっちゃけてしまいたくてならなかった。が、職場の誰かにそんなことはおいそれとしゃべれるものではない。なにしろあの男は自分に気づいている様子が少しも見られないのだから、ヘタにしゃべって逆に自分がフラれたりしたら、みっともないのは自分の方だし、大体《だいたい》が年上の男性に恋した謙遜《けんそん》を、彼女はあの男にまったく感じないのだから、自分の方から男に関心があることは一言半句だって口にしたくないのだ！　ところがところがその反面、本気で好きになったことを正直に打ち明けられずに、意中の人をそしったりするのは素直なことでないから、荒れた気分もしばらくすれば自己嫌悪してふさぎこんでしまう。

昨夜もよく眠れなかったのはそんなことを考えていたからで、明け方近くまで悶々とした気分でCDを聴いていた。一夜明けると気分は最悪である。はれぼったい目をして、どこかへ出かけたくなっても友達はみんな平日で働いているし、トーストと目玉焼を作って朝食を食べた後は、部屋でテレビを観て過ごすくらいしかすることがなくて、暇をもてあました。他人の休日が書入《かきい》れ時の職場で働いている女のコには仕方のないことだが、一人で街へ出ていくのも億劫《おっくう》だし、休日とはいえちっとも楽しくはなかった。もしもこんな時にあの男が一緒にいてくれたら…どうかしら？　と、一瞬そう思いかけてみたけど、じきに頭をブルブルと振ってそんなよこしまな考えは振り払った。が、やっぱりあの男の存在はエイリアンみたいなもので、休みの日の空白な心地でいる今日子をしつこく容赦《ようしゃ》なしに追い立ててくる。結局、昼過ぎまでそんなふうに悶々として過ごしているうちにグッタリした気分になり、冷たいシャワーを浴びに階下へ下りていった。

その翌日はまた仕事だった。昨日は午後からウツラウツラしてしまい、気がつけば夕方頃まで昼寝をしていた。そのためか夜はまた遅くなるまで眠れなかった。その日、朝起きた時から今日子は睡眠不足で気分がすぐれずにいた。昼過ぎに休憩を取った時も、弁当を食べた後でウツラウツラしていると、休憩室でそのまま寝入ってしまい、自分をさがしに来た同僚に起こされて慌《あわ》てて仕事に戻るといった失敗をやらかした。

入社してから几帳面で知られている彼女のことだったから、パートのおばさんからはどうしたんだろう？　と変な顔をして見られた。今日子は冷汗《ひやあせ》をかき、目立たぬようレジへ戻ると、それから後は黙々とレジの仕事をこなしていた。あの男は結局、その日は閉店時間になっても姿を見せなかった。それでなにかしら気のぬけた感じがして、傍《はた》から見ても彼女は手持ちぶさたにしている様子に見えた。いつものキビキビした態度と違うのを見かねて、同僚の女のコが声をかけてみたが、今日子は適当な言いわけをしてその場をつくろった。今日子の表情にはひどくもの憂い気分が表れていた。

「どうしたの？　どこか身体の調子でも悪いの？」

「えっ、いいえ。そんなことないわよ」

「でも、なんだかひどく疲れてるみたいに見えるわ。あんまりしんどいのならもう帰らせてもらったらどうなの？　上の人にはあたしの口からなんとか言っといてあげるから」

その時に今日子の世話を焼いたのは、山野誉子《やまのたかこ》という名前の同じ普通科の高校に通っていた女のコだった。二人は高校時代はクラスが違っていたので、お互いに見覚えがある程度にしか知らなかったけど、就職してからは同じ学校のよしみで、会社の中でよく話をする友達同士になっていた。

「大丈夫だって。あたしね、ちょっと生理痛があるのよ」

「あっそうなの」

と、山野誉子はいつもはそんな態度を見せたことのない今日子の口から生理という言葉を聴いて、なんとなく納得した様子だった。

誉子が持場《もちば》の片づけに戻っていってホッとする間もなく、今日子はレジの売上を集計をするのを頼まれて、これ幸いと売場を離れることができた。誉子にウソをついたのは、自分がウジウジしている理由を気《け》どられたくなかったからで、あの男に気があるのを今日子はまだ誰にも知られたくなかった。しかし、独《ひと》りで気が結ぼれれば結ぼれる程、あの男へと気持が傾いていくのは事実であり…なんであんな人を好きになったんだろう？　と、つまらない後悔をしてみてもそれはしようのないことだ。そして、こんな時に女心は気まぐれになるのがまた常である。

傍《はた》からすれば、そんなことで？　とも思う些細《ささい》なことがきっかけで、彼女らは誰かを好きになったり冷めたりするのを繰り返す。だから、女性にとって誰かを好きになるというのは、それで幸福になるのか？　不幸になるのか？　どうなるのか分からない一種の賭《か》けみたいなもので、それは啓示《けいじ》でもあるし、誰かに恋する時にはそういうことを一度は経験するものだ。ところで、あの男について判断がつかずに、ああでもないこうでもないと混乱するばかりの今日子は、この種の啓示をそれから数日経った夢の中で見ることができた。

——それは奇妙な夢だった。今日子は夢の中で無人の坑道《こうどう》をさまよっていた。坑道の内部はオレンジ色の灯《ひ》が掛けられていたので、坑内を歩くのに不自由はしなかったけど、出口をもとめて行けども行けども、その先には坑《あな》が続いているだけなので、今日子は次第に心細くなってきた。と、そこへ思いがけず、坑内を反対側から歩いてきたのが、あの男である。今日子は意外の感に打たれた。男の方もギョッとして狼狽している様子が見てとれた。

二人の間には立坑《たてこう》がさらに暗然として地下へ掘られており、そこからは…ゴゴゴッという、地吹雪のうなりのような音が聴こえてきた。ところが、あの男はぬき足さし足で、天井の滑車《かっしゃ》からつるされた立坑の釣瓶《つるべ》にしがみついたかと思うと、そこへ今日子を置き去りにしたままで、滑車のきしる音を残して、ソロリソロリとひとりで坑の中へ下りていった。今日子はそれを見て急いで立坑の縁《ふち》へ歩みよってみたものの、坑道と思われたのは、実は大きな肥《こえ》だめか汲取《くみと》り口のような深い穴で、暗がりに見える立坑の壁には汚物《おぶつ》の塊《かたまり》がいくえにもこびりついていて、ほとんど白蠟《はくろう》化《か》しているように見えた。釣瓶に足をかけて縄にしがみついた男が、地獄絵さながらの坑の底へ底へと下りていくのは不可解であるし、まったくの自殺行為に等しく思えた。今日子は立坑の中に下りてゆく男に必死で哀願した。「ねえやめてよ！お願いだからそんな危ないことは、もうやめてよ！」…しかし、彼女の懇願《こんがん》も坑内に虚しく響いただけで、あの男は立坑の中へ吸いこまれるようにして、両の目はそれでも爛々《らんらん》と今日子を見つめながら、漆黒《しっこく》の中へ消えていった。今日子は夢の中で独りぼっちになると、大声を上げて泣きじゃくった。熱い涙が頬《ほお》を伝ってゆくのが分かった。涙はやがて温かみを増して、顔の赤くほてっているのが感じられた。夢はそこで終っていた。今日子はいつしか夢の途中でサメザメと泣いていたのである。

…ひさしぶりに見た夢なのに。不意に見る夢はいつも不可解なものだが、夢の中にあの男が出てきたのがそもそも異様に感じられた。今日子は寝起きのハッキリしない意識の中で、今し方みた夢についてツラツラと考えてみた。曖昧模糊《あいまいもこ》とした印象を残して、記憶はたちまちのうちに掻《か》き消されていった。夢の中で立坑へ下りていったあの男の印象は、一口で言うならのっぺらぼうである。そんなものを夢で見たからといって、どうして自分が涙なんか流す必要があるのか？　本当のところはまるで分からない。が、夢を見ている時のせつない心持が、昨夜までの鬱勃《うつぼつ》とした気持を洗い流してくれたのは、不思議なことだが事実である。なんだかよく分からないけれど、その日は普段の明るさを取り戻して、今日子はいつになく新鮮な気分を覚えて会社へ出かけた。友人の誉子は彼女に会った時に、いつもの今日子に戻ったのを見て、昨日までの生理痛が終ったんだろうとそう思いなした。

それは突然の心境の変化である。あの男が買物に現れるのではないかしら？　と考えることすらもどかしい。自然と緊張感もゆるんでくる。日頃は抑えていた気持のタガがゆるみ、昨日までの疑心暗鬼は嘘みたいになりをひそめていた。もしもそこであの男が彼女の期待にたがわず現れて、すべての事が彼女の思う通りに運んだのであれば、案外と今日子という女のコはこの男にいれあげてしまい、彼女の生活もバラ色になるか、こってりとしたキズ痕《あと》が残ることになったのかもしれない。

だがしかしである。幸か不幸か、現実とはそうそう平坦な道のりを歩かせてはくれないもので、実際には、その日あの男は夕方を過ぎても店にやって来ず、閉店に近い夜の八時になってようやく買物をしに来たかと思えば、さり気なく見ている今日子の視線に気づいたのか？　気づかないのかしら？　隣のレジへと何食わぬ顔で並んでしまった。朝から待ちくたびれていた末のことだから、今日子の機嫌は隣のレジで平然としている男の態度を見て急速に冷めていった。あの男が今日子のいるレジに初めて並んだのは、それから一週間も経ってからのことで、タイミングを逸した出会いが興醒《きょうざ》めしたものになるのは免《まぬが》れなかった。商品をＰＯＳレジに通しながら、違反切符を切る時の婦人警官の冷淡さでもって、油断なく相手を観察する目つきで今日子は男に接客した。それでも男は平然としたものだった。こんな男の気持は少しも分からない…と、今日子はジリジリする腹立たしさを感じた。ただ、男をつらつらと観察してその買物の中身を見て、四ヵ月間のレジ係の経験から彼女が気がついたことは、この男が独身で、自炊などめったにしない不精な性格の人で、生活はいたって地味な暮らしをしているらしいことや、お金がないんだと思ったくらいか。

男の方はレジを離れるまでもの問いたげな今日子の視線に応えることなく、二重《ふたえ》瞼《まぶた》の澄んだ目は伏し目がちで彼女を見返すこともなかった。こんな男の態度をいったいどうやって理解すれば好《い》いのか？　男のコとつきあったこともないし、いわんや年かさの男性を好きになるなんて、今まで思いもかけなかった今日子には、その方面の手管《てくだ》がないし、わけが分からないものに近づきにくくなるのはむしろ自然なことだった。この辺の事情が、今日子がまず二の足を踏んだ理由なのであった。

二

——髪を金髪に染めて、黒のタンクトップを着た若い女の日に焼けた背中が、水着の跡にクッキリと焼かれているのが今日子の目にとまった。隣を歩くサングラスをかけた中年男は、シャツを脱いでブラブラと歩きながら、上半身裸でそのまま歩き続けた。彼らの傍《そば》を歩いている買物客は暑さでうだっているらしく、みんな無関心な顔をして店の表を出入りしていた。八月になって連日の猛暑が続いている。広々としたスーパーの駐車場に停めてある車の屋根には、陽炎《かげろう》がメラメラと立っていた。クーラーの利いた店内のガラス張りから外をながめていると、よけいに暑苦しさが感じられた。タンクトップの女のコは自分とそう変わらない年齢だろう…と、今日子は推《すい》してみた。その女のコは恋人の中年男の汗ばんだ胸をなでて、ちぢれた胸毛をもてあそびながらキャッキャと喜んでいる。するとお返しとばかりに、恋人の男もタンクトップの胸元をちょっと引っぱってやる。ここはプールではない。と、そこへポンと肩を叩かれて今日子は慌てて視線をそらした。振り返ってみれば、制服のベストを脱いだ誉子が後ろで含み笑いをして立っていた。

「さっきからジィっとしてなにを見てんのよ?」

「えっ? えっ? あたしはなんにも見てないわよ。ただここでボーッとしてただけよ…」

「ウッソでしょう…どこかに好い人でもいたんじゃないの?」と、誉子は今日子の隣に立つと、駐車場の様子をどれどれと見まわした。今日子はバツの悪そうな顔をしてうつむいていた。

「…あれ? あの人? あの人かしら? ねえ、今日子は誰を見ていたのよ?」

「あたしは誰も見てやしないんだって…」

と、誉子がすぐにあのカップルを見分けられなかったのは当然のことで、駐車場内には近所のパチンコ屋から出てきた、ヤンキー風のカップルが何組も歩いていた。今日子が目をとめたのは、タンクトップの女のコを連れた彼氏が、中年男だったからで、同じ中年の…あの男もやっぱりあんなことをしてるのかしら? と、そう思っただけで今日子はプンとむくれてしまった。最近になってあの男は昼間でも普段着のままで買物へ来るようになった。しかも照れた顔でいる今日子をどう思っているのか? さり気ないふりをしながら、買物する時は必ず彼女のレジに並ぶようになった。うれしはずかしであるが、あの男が昼間から店内へブラっと現れて缶ビールなんか買ってゆくのを目にして、今日子のようなコが戸惑わないはずはなかった。

「もうっ誉子ったら、そんなことよりも、外に食べに出るのはやめて店のレストランでなんか食べようよ。だって外はすごく暑そうなんだもん。あそこなんか陽炎が立ってるでしょう」

「…そうねえ」と、誉子も暑い日中を外へ出ていくのが億劫になった。それで二人は店のレストランで昼食にすることにした。昼下りの店内はいつもより客の入りは少ないようで、レストランにも空席が目立った。

「店長が今朝の朝礼の時に、夏物商品の出が悪いってみんなにハッパをかけてたでしょう。上の人なんかピリピリしてるわよ」

粉チーズを振りかけたスパゲティをフォークに巻きつけながら、誉子はそんなことを話し始めた。

「でも、これだけ暑くなったら売上もそのうちに上向くだろうって、課長がさっきそう言ってたわよ」ひどく気のない返事で今日子は応えた。新入社員やアルバイトの若いコらに、会社の経営状態やら時事問題の話題なんかに関心を示す者はあまりいない。ところが誉子は案外とそういう話が好きで、たまに休憩室でも熱心に新聞を読んでいたりする、ちょっと変わったところのある女のコだった。

「それは…食品や飲料品なんかは少しは上がるかもしれないけど、衣料品なんかこの店の商品ってセンスが悪いし、電化製品の売場なんていつも閑古鳥《かんこどり》が鳴いてるもんね」なかなか露骨な言い方だがこれは事実だった。デオデオやユニクロの専門店がこの近くに出店してから、彼女らのスーパーの売上は圧《お》されっ放しで、販売不振のテナントが出るとか出ないとかの話が持ち上がっていると、今日子も噂を耳にしたことがある。けど、女のコが友達同士で昼食をする時にそういう話題を持ち出すのが、今日子はやはりおかしい気がした。

「誉子ったら…ねえねえ、あなたは最近なにかおもしろくないことでもあったんじゃないかしら?」

「いいえ、そんなことはべつにないわよ」

…でもそれってウソでしょうと、今日子は思ったけど、口には出さずにほくそ笑んだ。誉子の機嫌が悪い時には必ずそういうむずかしい話を持ち出す、変なクセがあるのを友人の今日子は知っていた。もちろん誉子だって気の置けない友人でなければ、そんなことは話しはしなかった。ところが…である。今日子の方も意味深《いみしん》な顔をした誉子から、「今日子だって…なにか気になることがあるんでしょ?」と訊《たず》ねられると、内心動揺するのを隠せなかった。今日子は今日子で悩みがあったりしたらやたらとシラをきるのを、誉子はお見通しだった。「気になることって…なんのことなのよ」と、誉子の問いに今日子はいくらかムッとしたものの、友人に悪意を疑っているわけでないから仲たがいにはならなかった。この時期に今日子に悩みがあるとすれば、それは一も二もなくあの男のことに相場は決まっている。

——ぐっすり眠って一夜明けると、その日はひさしぶりに取れた日曜日の休日だった。高校時代の友人と四人で以前から映画を観る約束をしていたので、今日子は朝の十時に家を出ると、バスに乗って街まで出かけていった。四人は駅前で合流すると、互いの近況についてキャッキャと話し合い、地下の飲食店街へ腹ごしらえのために下りていった。今日子の友達の一人は体重が九十キロもある食品会社の事務に勤めている女のコで、焼豚を糸でしばったみたいな顔をしている。もう一人の友人は家業の花屋を手伝っている女のコで、高校の時は目立たないタイプで皮肉屋だったけど、ひさしぶりに会ってみると、チクチクする皮肉によけい磨きをかけていた。もう一人の女のコは高校を出て就職した会社を二ヵ月前に辞めて、今はプータローをしながら、バイト先で知り合ったラブラブの彼氏と二人で同棲していることをその場で他のみんなに打ち明けた。

同棲…と聴いただけで、今日子の耳は地獄耳になった。最近この手の話題には過敏に反応してしまうのだ。プータローの同棲相手の彼氏は、アルバイトをしていた会社にいた三つ年上のサラリーマンで、今日子の全然知らない男性だった。事務員の女のコと今日子の二人は、その話を興味津々《きょうみしんしん》で聴いていた。制服の枷《かせ》はとっくになくなったように見える現代っコでも、それなりに純情なコはいるものだ。否《いや》、純情かそうでないかを問うならば、服装や性体験の有無や、まして偏差値や内申書の中身などは、今さらほとんど意味をなしていないのが事実である。若いコが昔と較べて変わった変わったというのは、彼らが単に生き急いでいるからで、今の時代は若さの枯れるのがよほど恐いのだろう。それにくわえて、たった今の楽しさしか目をくれずに、今の瞬間が永遠にめぐってくるように錯覚しながら、火事場泥棒的に今この時を楽しむことの見本を示してやったのは、他でもない大人と呼ばれる人たちで、つまりは大人も子供も同じことになったのが今という時代なのである。で、世が世であらば、若い女のコが真っ先に覚えるのは男と化粧である。四人のお友達の中でも今日子みたいなタイプは置くとして、事務員の女のコに彼氏がいないのは、彼女が目下太り過ぎているからで、そのうちに太った女のコを好きになる男のコが彼女の前に現れるのだろう。

「でも、お父さんやお母さんはその同棲を許してくれたの?」と、どうも要領を得ない今日子の質問を、他のコらは無関心にやり過ごした。今日子が相変らずなのを見て、花屋の娘だけがクスッと小さく笑った。こんなことで露骨に軽蔑しないのが、追う者の男同士と女のコらのお友達で違うところなのかもしれない。

「同棲するのを許すも許さないも、あたしと彼氏のことだもん。カレはあたしの両親とは、そのうちに会わなきゃいけないなって言ってたけどね」

「それなら、お父さんやお母さんは彼氏とまだ会ったことがないの?」

「だって、あたしの両親はあたしが同棲してることなんか知らないもの。引っ越しする時は、安上りで済むから友達と二人でコーポを借りるって言っといたのよ」

「…………。」プータローの行動力は、まったく今日子の理解を越えていた。

「なら、今日子の方こそどうなのよ、もう彼氏ができたんでしょう?」

「あたし? あたしは彼氏なんかいないわよ」

「そんなに照れないで本当のことを言ったらいいじゃない? 高校の頃は今日子もかなりモテてたじゃない」

花屋の娘が横合《よこあい》から冷やかしを入れると、事務員のコまで調子に乗りだし、高校時代に今日子に気のあった男子生徒の名前をあげつらって言った。一座は途端にキャッキャと騒がしくなり、今日子に片思いだった男子生徒らを話の種にして、プータローも盛んにはやし立てた。

「ねえねえ、西田君ったら、こないだあたしがボーリングへ行った時に見かけたんだけどね、駐車場から出てくるのを見たらもうスゴイのよ。あのコったら格好つけて真っ赤なBMWに乗ってて、それが助手席に乗っけてるのが、去年の文化祭に連れてきてたあの変な女のコでさあ」花屋の娘がそれに輪をかけた。「ああ思い出したわ。そのコってホテルに一緒に入ってるのを補導されて、西田君が停学になったコじゃない？」「そうそう。制服を着たままでホテルから出てきたってんだから、本当にバカだよねえ」…隣の席でコーヒーを飲んでいた年輩の女性客は、居たたまれない顔をして席を立っていった。今日子はそれに気づいて話題を変えようとしたけど、照れくささがかえって友達の意地悪な興味を誘ったみたいで、ニヤニヤする事務員の女のコは、暑苦しい顔をさらに近づけて今日子に訊ねてきた。

「どうなのよ？　本当は彼氏ができたんでしょう？　正直に言いなさいよ？」

事務員は少しねたみが強い。性格も纏綿《てんめん》としていて、彼女の口ぶりにはソフトな訊問《じんもん》という感があった。本来ならいやがるはずがキッパリとこばまないのは、今日子がしゃべりたいからだと、他の二人もそうとったらしくて好奇心がありありと見えた。困ったのは今日子である。

「…あたしは、彼氏なんかいないんだって」

「いないけど…それでどうなのよ？　好きな人の一人や二人はいるんでしょう？」

事務員の女のコは飽くまでしつこかった。今日子は意地になるよりも、あの男のことを白状する方が気も晴れるので、そこでなんとなくうなずいてしまった。で、友人の三人の表情には思わず喜色《きしょく》が浮かんだ。

「やったね！」と、プータローは右手の親指を立ててウインクをした。高校時代はカタブツでいた今日子がどんな恋をするのか？　花屋と焼豚の二人も興味津々《きょうみしんしん》である。ところが、事実を認めていくらか気の楽になった今日子が、あの男のことを思いきって洗いざらいに打ち明けてみると、プータローと花屋の娘は正反対の色を見せた。

プータローも他の二人も今日子の言う…勤め先のスーパーへ買物に来る三十歳くらいの見知らぬ男という相手の男のことを聴いて、ひどく意外な感じがした。

「わりと年上なのねえ…」と、プータローは正直な感想をポツリと口にした。反対に露骨な嫌悪感を示したのが花屋の娘である。なんせこの娘はジャリタレが好みなのだ。

「…やめときなさいよ。そんな変なおじさんなんかと関わったりしたら、絶対にろくなことがないわよ」

と、花屋の娘は最初っから半分バカにしたみたいな感じで、あの男を突き放すような言い方をした。今日子の方には多少なりとも、花屋のその態度に対して頭にカチンとくるものがあった。

「…………」今日子は再び口をつぐんでしまった。と、そこへプータローがまたクチバシをいれてきた。

「そんなふうに言わなくてもいいじゃないの。その人だって案外と好い人かもしれないし。それに、今日子が本当にその人を好きかどうかは、今日子が自分で決めることじゃないの」

するると、花屋の娘は今日子の打ち明けた中年男がよほど虫が好かなかったものと見えて、プータローのかばい立てにも聴く耳を持たずに、あの男を端《はな》から下心があるものと決めてかかった。

「そんな男にだまされたりしたらダメでしょう。もし、今日子が気のありそうな態度をみせて、その男が言い寄ってくるんなら、どうせ若い女と無料《ただ》でやれるだろうとか、そんなことしか考えてないんだから。いつか下心を丸出しにしてあんたを口説いてくるに決まってるわ」

「なんでそんなことがあんたに分かるのよ?」プータローには面白《おもしろ》くないところがあったのか? 少しばかりムキになった口ぶりで花屋の娘に言い返した。

「だって、好い歳をした大人が若い女のコに言い寄ってくるなんて、他になにを考えることがあるって言うの? そんなことくらいはちょっと考えれば分かることじゃないの?」

「でも、もし相手が好きな人だったら、それも仕方がないんじゃないの?」

「そういうのがだから、だまされてるって言うのよ」

「好きな人なら…下心があっても赦《ゆる》せるわ。あんたも彼氏が相手ならそういうこと言われても赦すでしょう?」

「あたしの彼氏は、そんな中年の変なおじさんじゃないもん!」と、実は…花屋の娘は今つきあっている、人気タレントの誰かに似ている男のコのことを心の底では得意に思っているのだ。

「あたしは自分が好きになったら、相手が年下でも年上の人でも、絶対にそんなことは気になんかしないわ。だって恋愛は結局は自分のことで、他人にとやかく言われる筋合《すじあい》なんかないもの」

「それは相手によりけりだわ…」

プータローのいう恋の自由主義《リベラリズム》と、花屋の娘がのたまう冷笑主義《シニシズム》は、どこまでいっても平行線をたどりそうな雲行《くもゆき》だった。その場にシラけた空気が流れて、せっかくの休みものっけから気まずい雰囲気になってしまった。事務員の女のコは機転がきかないのでだんまりを決めこむし、今日子はひとりで…こんなことになるならあの人の話なんかするんじゃなかった…と唇をかんでいた。それからしばらくして四人はようやくその店を出たけれども、プータローはかかってきた携帯電話の相手と親しそうに話をして、急用を口実に一人で帰ってしまった。「あのコったら、本当にいい加減なんだから…」と、花屋の娘はぶんムクレになって、プータローの悪口を言った。今日子は憂鬱だった。煮えきらぬ感情がどこまでもからみついてくるようで、その日に観た映画も、そんな気分でいたから、なにを観たのやらちっとも楽しくはなかった。花屋の娘は映画を観た後はさっきのことなど全然気にしないで、とりとめのないおしゃべりを続けた。無神経というよりは今日子の悩みに親近感が湧《わ》かないのだ。話に興《きょう》が乗らないので今日子は相槌《あいづち》ばかり打っていた。事務員と花屋の娘はそんな彼女の態度に気づいたのか、三人とも自然と口数が減ってしまい、なんとなくうちとけない雰囲気になってしまった。自分と自分の好きな相手が怪訝《けげん》な顔をして見られる、そのぶしつけさが今日子はたまらない気がした。高校時代の友人とはいえ、趣味や価値観がズレてしまえば変なコとしか見なされないのが、どこへ行ってもお友達というものの掟である。繁華街をしばらくブラブラしてから二人と別れた後で、正直いって今日子はホッとする気がしていた。

その夜もまた遅くまで寝つけなかった。テレビを観てもおもしろくないし、ジッとしているのも退屈でやりきれないし、夜は長いし…鬱々《うつうつ》した気分を晴らすやり場がどこにもなかった。

——寝不足で重い頭を抱えて目を覚ますと、窓の外はシトシトと雨が降っていた。梅雨の霪雨《いんう》を思わせる湿っぽさで、クーラーの切れた室内の空気がいくらか蒸していた。今日子は寝苦しさに目をさました。朝の出勤時の慌しい雰囲気は、その雨でいくらか抑えられている…で、今日子はもう一度寝につこうとしたけど、目覚まし時計の液晶が表示する時間をチラッと見ると、タオルケットをはねのけてベッドから飛び出した。もう一寝入りどころではない。早くしないと会社に遅刻してしまう！　パジャマを着替えて洗面所に下りると、慌てて歯を磨いてから髪を整えた。化粧気がないから朝仕度《したく》も手間どらない。その辺は寝坊した高校生の頃とちっとも変わってない。雨の降りはたいしたことがないので、傘《かさ》をさしながら自転車で家を出た。会社へは定時より十五分も遅れて出勤した。今日子が会社に遅刻するのは珍しいことだ。急いでタイムカードを押して更衣室で制服に着替えていると、忘れ物を取りに更衣室へ入ってきた、パートのおばさんの一人に冷やかされた。

「あらっ奥手さん、今日は遅いわねね。ハハん…奥手さんは、昨日はやっぱりデートだったんだね」

「そんなんじゃないんです。昨日は友達と映画を観に行ってたんですよ！」

「へえ…でも、奥手さんが遅刻するなんて珍しいことだから、みんなはそうだって噂してたよ」

時にはパートさんのこんな冗談がもとで、実《まこと》しやかにあることないことの噂が流れたりすることもあるから、この会社ではうかつなことは言えないのだ。本当にくわばらくわばら…である。

スーパー等の小売業は週末祭日が書入れ時で、週明けの午前は客の入りが少ない日が多いけれど、月曜日の開店前の店内は、日曜日に売り切れた商品の補充が多いのでいつも大わらわである。売場に入ってゆくと、今日子は上司の課長に遅刻を詫《わ》びると、すぐに業者の搬入する商品の検品を手伝いにいった。まったく目がまわるように忙しい。けれど、今日子は会社の仕事が分かり始めたばかりなので、開店準備に忙殺されるのも苦にならず嬉々として働いた。と、商品を載せたコンビテナーを押しながら、誉子がスマした顔で傍《そば》を通ってゆこうとした。

「おはよう！　今日ね、あたし寝坊しちゃった」

「今日子の帽子、反対になってるわよ」と、誉子に指摘されて、前後が逆になっている紙の帽子を今日子はキチンとかぶり直した。それからすぐに各持場で朝礼が始まった。その日は新入社員の多いレジ係の朝礼に店長が顔を出してきて、入社後四ヵ月経った気のゆるみからか、最近は職場での私語や遅刻、欠勤等が目につくと注意を与えていった。今日子はその朝に遅刻したばかりなので、自分が名指しされて叱られたような気がしてしまい、昨日から胸にわだかまっていた思いもどこかへスッ飛んでしまった。それから、今日の予定や連絡事項が伝えられると、朝礼は慌しく終了した。午前十時の開店時間になると、店内にはＢＧＭが流れて、表で待っていた買物客が傘をたたんで店内にガヤガヤと入ってきた。いつもと変わらぬ一日が始まった。

雨天の月曜日とあって、その日は午後になっても客足が悪かった。今日子は二時頃になって、遅い昼食を取りに休憩室へ入った。室内では弁当を食べているパートのおばさんの一組と、見なれぬ女の人が誉子と二人で談笑していた。女の人というのは、その女性が自分よりかなり年上に見えたからだ。休憩室に入ってきた今日子に気づくと、誉子は目顔であいさつを交《か》わした。今日子は給食弁当の箱をカゴから一つ取って、誉子とは少し離れた椅子に遠慮がちに座った。誉子がスーツ姿のその女性と話しているのは、なにやら映画とか小説の話らしいが、ＴＶやマスコミで盛んに取りあげられるものでなければ、今日子は映画にも読書にもさほど関心はなかった。誉子はしばらくして女性が休憩室から出ていくと、弁当を食べ終えた今日子の席までツカツカと歩いてきて、おもむろに言葉をかけた。

「ずいぶん遅かったじゃない」

「あなたが休憩した後でお客さんがちょっと増えたから、レジの手が足らなくなったのよ。今は食事から戻ってきたコが二人いるんで大丈夫だけどね」

「そうなの…それなら、まだあたしは戻らなくってもいいわけね」

「さっき、ここで話をしていた人は誰なの？　あんまり見かけない人だけど、どこの会社の人？」

「この会社に営業にきてる文具メーカーの人よ。あたしが休憩に行く前に売場でお弁当を買ってるのを見かけたから、ここで食事をしたらどうですかって誘ってみたのよ」

「へえ、よその会社の人なの。年はいくつぐらいの人なの？」

「さあ…よく知らないけど、大学を出てから今の会社に勤めて…四、五年になるって聴いたことがあるから、もう二十六か七になるんじゃないかしら」

「ふうん…でも、そんな人と誉子はどこで知り合いになったの？」

「家の近所の図書館で前に会ったことがあるのよ。あたしが休みの日なんかに図書館で本を読んでいたのを、向こうも覚えてててくれたっていうわけなの」

「あたし達の休みの日って、土日なんかめったに休めないのに会う機会がよくあったわね？」

「たまにだけど、あの人は平日でも仕事のあいまを見つけて、図書館に寄ることがあるのよ。仕事はひとりで会社回りをすることが多いから、本を読む時間は作ろうと思えば作れるんだって」

「それなら仕事のできる人なんだ」さっきの女性の理知的な顔立ちを今日子は思い出した。

「そうかもしれないけど、営業の仕事ってノルマとかあるし、あの人は大卒で全国に転勤もあるから大変らしいわよ。できたら会社勤めなんか辞めたいって前に一度言ったことがあるわよ」

「でも会社を辞めて、それからどうするつもりなのかしら？　もしかしたら結婚するとか？」

「そこまでは知らないわ。どうするかは会社を辞めてから考えたいんだって」

「…そんな人でも悩みはあるのねえ」と、今日子はまだ大人の女性のことはよく分からなかった。

それともう一つ分からないのは、目の前にいる誉子のことである。高校の頃のことはあまり親しくなかったのでよく知らないけれど、以前に学校で見かけたことのある誉子の印象は、一見おとなしそうで、普通のコにしか見えなかった—だから就職しても自然と友達になれた—それが最近になって彼女にはどこか分からないところがあると、今日子はどこかしら感じることがあった。もっともそれは、誉子に底意《そこい》や意地の悪さを感じるという話ではなくて、むしろ彼女の性格は好い方だと思っている。しかしそれでも、誉子はやはり自分や他の女のコと一風《いっぷう》変わっているところがあると思えてしまうのだ。たとえば、その日に社外の人と休憩室でお茶を飲んでいたことにしてもそうだが、誉子には自分らの知らない交際や世間があって、自分との友達づきあいから半歩ひいているようにも、今日子には感じられた。もちろん、それは誉子を親友と思うことから生じる一種のひがみなんだろう。が、感情というのは生きものであり、誉子が親しい友人なら今一つ親しいところに欠けるというのか、話をしていても、どうかすると自分とは実は違うことを考えているのかしら…と感じられるのがネックになり、彼女をキライになりはしないけど、なんとなくジレったさを覚えてしまうのも事実だった。「あたしそろそろ時間だから、先にレジへ戻ってるからね」と、誉子はそう言うと休憩室を出ていった。そういう時に見せるなに気ないしぐさはやはり好ましく感じられるけど…と、昼食を終えてからコーヒーを飲んで一服しながら、今日子はもう別のことを考えていなければならなかった。ムラっ気ではなくて誉子のことよりも、もっと悩ましいことが彼女にはあるのだ。それは外でもないあの男のことである。

休憩の後に今日子はレジに戻った。相変らず雨が降り続いて、黒雲の懸《か》かる空は午後の三時というのに、暮れ方のように外を薄暗くしていた。店内は客の入《い》りがまた落ちたのでそんなに忙しくはなかった。しばらくレジにいたが、ポツポツとお客が通る程度だったので、他の仕事の手伝いをしようと思って休止中の札を台の上に置こうとした。と、その時である。地下の駐車場からあの男がエスカレーターを上がってくるのが見えて、思わず今日子は手にしていた札をソッと台の下に隠した。そして、平気を装ってレジの近くの片づけを始めた。目線だけはあの男を追いかけるのをやめなかった。酒類売場で酎ハイと缶ビールを数本買い置きして、他に酒のつまみになるものを選んでから、生鮮食品や惣菜《そうざい》を買うつもりもないのにブラブラ見て歩くのが、最近の男のパターンだった。この男はその日も、今日子のレジに並んできた。「いらっしゃいませ」とあいさつをして、今日子は商品のバーコードを手早くレジに通した。赤面こそしなかったものの内心はドキドキだった。

「ショッピングカードはお持ちでしょうか?」

ポロシャツのポケットから会員カードを手渡す男は相変らずなにを考えているのか? 内面を少しも表情に明かさないので、今日子の接客もいきおい店員マニュアルのセリフを棒読みしている感じになった。

「お釣りが十二円と、ショッピングカードをお受け取りください」

釣銭とカードを手渡す際に男の掌《てのひら》に指先が触れると、今日子は驚いたように反射的に手を引っこめてしまった。つれないというよりは客に対して失礼そのものにもとれる態度である。ところが、男はそれでも顔色一つ変えずに、レジを後にしてエスカレーターを下りていった。それからようやく、今日子は休止中の札を台の上に置いてレジを離れることができた。

三

――…只今《ただいま》お知らせしましたように、台風の接近に伴って今夜半から明日の午後にかけて四国の南岸、近畿地方及び関東東海地方の広い範囲に亙《わた》って大雨の心配が予想されますので、台風の進路に当る付近の住民の方は今後も台風情報に十分のご注意を…――

テレビのニュース番組がしきりと台風情報を報《しら》せていた。月曜日から降り出した雨は、沖縄から進路を変えて本州に迫る台風の影響で、その後もずっと降り続いていた。水曜日になると、今日子の住む街も次第に風が強くなって、降雨は激しさを増した。入浴を済ませたベッドの上で、今日子はボーッとした心地ですることもなく台風情報のアナウンスを聴いていた。閉店後に誉子の運転する車で家の近所まで送ってもらい、帰宅したのはつい今し方のことだ。玄関までのダッシュで濡れ鼠《ねずみ》になってしまった。疲れていて億劫な気がするので、なにも考えずにそうしていたかった。だから、夕食はどうするのかと階段の下で母が訊《たず》ねてきても、「ひとりで食べるから…」と、ぞんざいな口調で答えたきりである。「それなら、洗いものは自分でしといてね」と、言わでものことには返事すらしなかった。

画面が別の番組に変わると、今日子はリモコンを使ってテレビを消した。時折《ときおり》、雨戸のサッシをパラパラと打つ音が薄明りの部屋に響いてきた。その雨音が憂鬱というか歯がゆいというか、妙にイライラと気分をあおった。そうして腹立ちを覚えると、自然にパンティの中まで手が伸びていった。指先をせっかちに動かしているうちに、あそこがヌルヌルとぬくもってくるのを感じた。そして、全身をとろかす感覚にしばらく我を忘れて、タオルで汗を拭いながらベッドの上に起き直った。正気に戻れば、快感とは裏腹の実に不愉快な気がした。こんなことはもうやめてしまいたいけど、最近はクセになってしまい、どうかしてイライラがつのると業腹《ごうばら》がセキを切るみたいに、なんとはなくマスターベーションの誘惑にかられてしまうのだ。めくるめく官能というものを今日子がこれほどに強く意識したのは、それ以前にはなかったことだった。しかのみならず、自分に秘められた肉体の性的な反応を気づかせたのが、外ならぬあの男だったのも事実である。あの男に出会ってからおよそ二月《ふたつき》というもの、言うに言われぬ葛藤を今日子は味わった気がする。仄暗《ほのぐら》い部屋で孤独感をかこちつつ、横になってジッとしていると、目がウルウルしてしまい、涙がにじんできて…心に切りつけられた傷口をえぐるようにして昼間の記憶が思い出されてきた。

――その日の午後遅くのことである。今日子はいつものように交替で昼食を取るのに、休憩室へ入っていった。誉子が他の女のコと先に休憩を取り、彼女を待っているはずだった。室内では四、五人の女のコがなにやら小声で話していた。誉子もその中の一人だった。ヒソヒソ話の内容が自分にとって好い話でないのは、その場の空気ですぐに分かった。こういう場に入ってゆくには多少勇気がいるものだ。今日子は誉子の前の椅子に座って彼女らの話に加わった。が、みんなは今日子にどこかよそよそしい感じで、中には戸惑ったような顔をする女のコもいた。それぞれ休憩時間が終って他の女のコが仕事場に戻ってゆくと、休憩室には今日子と誉子の二人だけが残されていた。

「…さっきあたしが来るまで、みんなでなんの話をしていたのよ?」

「ああ…あれは今日子のことを話していたのよ」

と、いくらか予想はしていたものの、臆面もない誉子の返事に今日子は胸がギクリとした。それでも適当にごまかされたりするよりは、本当のことを言われた方がいくらかましである。

「あたしのことって…どんなことなの?」

「最近あなたのレジでよく見かける…男の人のことよ」秘密も秘密の一番隠しておきたかった秘密をあっけなく暴露されて、今日子の動揺はますますひどくなった。誉子が教えた最近よく見かける男の特徴とは、ことごとくあの男を指しているのも彼女の顔を蒼《あお》くさせた。今まで自分はそしらぬ振りをしていたはずなのに…と、今さらであるが、今日子は身の縮まる思いがしてきた。

「…あたしはそんな人は知らないし、みんなで勝手にそんなことを言われても、あたしにはなんのことだかさっぱり分からないわ」

しかし、あの男を全然知らないと言い張る今日子の言い分は、いつもシラをきる彼女の性分《しょうぶん》を知っている誉子にはたいして説得力がなかった。女は相身互《あいみたが》いで、誰が誰に気があるとかそういうことは、他の女のコに案外と気づかれているもので、誉子にしても、今日子とあの男になにかあるのは少し前から薄々と気づいてはいた。そして、誉子から聴いた話で今日子が驚かされたのは、それだけでは済まなかった。思い出しても腹の立つことだったが、誉子の話によれば、店内で働いている若い女のコであの男を好きなのは、なんと今日子だけではなく、店内の百円ショップの売場にいる二十歳の先輩も、あの男に気があるらしいと言うのだ。今日子のことが同僚の話に上ったのもそのことが発端であり、事実がそうであれば、他の女のコの自分を見る目がいつもと違っていたのもよく分かる気がした。それはまったく寝耳に水の話であったが、仲間はずれがイヤな悲しい性分《しょうぶん》から、今日子の気持はあの男から一遍《いっぺん》にひいてしまった。その代りに浮気者への怨みつらみがフツフツと胸に湧いてきた。

——雨戸の外では沛然《はいぜん》と雨が降りしきっていた。夜中の二時である。思いきって戸外の風雨に体をさらして、身も心もムチャクチャになってしまいたかった。軒先につるした風鈴《ふうりん》が一つ、風に揺られてか細い鈴の音を鳴らしている。強い風の吹くその夜は、おそらく一晩中鳴り続けるだろうその風鈴の音《ね》のように、今日子の心も揺れに揺れていた。最近になってようやく思いが通じたかのように…自分を振り向いてくれたと思いきや、早速に他の女と噂が立つのだから、今日子の純情が怒りに燃えるのも無理はなかった。けれども女のコというのは、もし好きな男が浮気心を起さずに自分を好きでいてくれるのなら、決して悪い気はしないものである。肝心なのは男の誠意なのだ。しかし、あの男の場合はその点がどうも心もとない気がする。昼の休憩の後に今日子がレジへ戻ってみると、店内はお客がボツボツと増え始めていた。あの男はそれらの客に混じって四時頃に姿を見せた。レジの前の百円ショップの売場にいる、件《くだん》の先輩をこっそり盗み見すると、向こうもあの男に気がついたらしくて、時々いじましい目をして店内をながめていた。どうやら、あの男に気があるというのは本当の話らしかった。あの男が自分だけではなく、他の女性の気を引いた事実が意外に感じられた…得意な気がしないでもないがひどく複雑な気分にもなる。今までは独りで悶々《もんもん》としていたのが、否応なしに現実に引き出されて、ためらう気持が先に立った。あの男が買物の精算に自分のレジに並んでも、今では素直に喜べなかった。休憩室で噂をしていた数人の女のコは、今日子のレジにあの男が並んでいるのに気づくと、含《ふく》みのある白々とした一瞥《いちべつ》を寄越してきた。それで自分がひどくまずい立場に置かれているので、今日子はまたブルッてしまった。百円ショップの先輩は今日子より二つ年上で、女子社員やパートのおばさんの受けも決して悪くない。それが恋の鞘当《さやあ》てでこじれたりすれば、職場でなにを言われるか分かったものでない。あの男とレジで顔を合わせても内心はおくびにも出さず、知らん顔をするのが利口というものだ。物見《ものみ》高いコは、それでもたまに彼女を振り返ってこちらを窺うように見ていた。まるで衆人環視《しゅうじんかんし》にさらされるみたいで屈辱的に感じられた。「お買上は以上で、合計が二千と百六十六円になります」と、今日子はプリプリした態度で男に接した。男の態度にいつもと変わったところは見られなかった。精算を済ませるとレジの近くの百円ショップの前を歩いて、平然とした後ろ姿で男はエスカレーターを下りていった。あの男が通りかかると、先輩の女のコは傍目《はため》にも分かる愛想の好さで、「いらっしゃいませ」と声を上げた。肝心《かんじん》のあの男はそれにどんな顔をして応《こた》えていたのか？　今日子のレジからは後ろ姿しか見えないので分からなかったけれど、男が通り過ぎて、先輩の女のコが嬉々《きき》とした顔でいるのだけはハッキリと見てとれた。

――壁時計の針は午前四時を指していた。悶々として眠れなかった。思いきってあの男に…好きだと告白したものだろうか？　職場のみんなはそんなことをしたら、自分をどう思うだろう？　さしあたって、そこら辺が今日子の気がかりで眠れない悩みだった。この悩みに自問自答している間に、時間だけが刻々と過ぎていった。プータローや誉子みたいな友人の性格が、今日子にはひどくうらやましかった。…実はその日、昼食の休憩時間にあの男について悩んでいることをすべて誉子に打ち明けてしまったのだ。出口のない悩みは話しているだけで楽になる気がした。誉子は黙って話を聴き終えると、彼女にこう問いかけてきた。

「で、今日子はあの男の人のことを、本当はどう思ってるの？」

「…………」

「会社の人や西尾さんがどう思っても、それが一番大切なことじゃないかしら？」

ちなみに誉子の言う西尾さんとは、先の花屋の娘の名前である。

「あたしはね…あたしは別にあの人をキライじゃないけど。でもやっぱり…誰かを好きになって、そのために会社の人に恨まれることなんかしたくないのよ。まだ話をしたこともないから、あの人のことはよく知らないけど…でもね…悪い人ではないとは思うんだけど」と、今日子はしどろもどろに支離滅裂《しりめつれつ》の答え方をした。

「だったらあの人と話をして、自分で決めてみたらどうなの？」

「そんなことをしたら、みんなにそのことがバレるじゃないの…」

誉子も少しは今日子の臆病さに同情しはするものの、歯がゆいというのか？　煮えきらないというのか？　どうも今一つ彼女のすぐにクジけるような…ヨヨヨとなる弱さについていけなかった。

「そんなこと…みんなにバレてもかまわないんじゃないの？　あなたがその人を知らないから決められないのなら、まずその人と知り合ってみることが肝心なのよ」

「…………」それでも今日子は、優柔不断に首を縦に振らなかった。

「誰かを好きになって他人がどう思うのか当てにしてみても…仕方のないことでしょう。自分のことなんだから、自分がどう思うかってことの方が大事だと、あたしは思うんだけど」

「それはあたしもそう思うけどね…」

今日子の耳には、誉子の話がプータローの娘が言ったことにダブって聴こえた。ただプータローの話がコロコロとよく変わるのと違って、誉子の言うことは冷静に事実を受けとめて判断しているようにも聴こえた。

――……は現在四国の室戸岬の沖合○○㎞の海上を依然として強い勢力を保ったまま、毎時三十キロの速さで北東に向かって進んでおり、今日の午後遅くには本州の太平洋岸に上陸する恐れが強くなってきました。また台風の接近に伴い各地で豪雨の被害が相次いでおり、河川の氾濫《はんらん》や土砂崩れには十分な警戒が必要です。今後も近畿、東海、関東地方の平野部では一〇〇ミリから多い所で二五〇ミリを越える大雨の降る恐れがあり…――

ベッドに寝そべったままリモコンのスイッチを押してみると、海岸のテトラポットに激しく打ち寄せる、大波の様子がテレビに映し出された。中継画面の角《すみ》に6時07分の時報が表示されていた。昨日のことをあれこれと悩んでいるうちに、結局その夜は明けてしまった。部屋の雨戸を開けると、大粒の雨が降りこんできて真夏というのに肌寒いくらいだった。慌てて窓を閉めると、今日子はカーテンを引いて、雨に濡れて肌色の透けたTシャツを勢いよく脱ぎ捨てた。張りの好い乳房が両の胸でプルンと上下した。下着は昨夜したオナニーのためにカバカバになって気持が悪かった。階下に行ってシャワーを浴びた頃には七時になっていた。誰もいないと思って浴室から洗面所へ出ていこうとすると、鏡の前にいる父親の髪を整えている姿が見えた。今日子は浴室のドアを乱暴に閉めると、「出てって！」と怒鳴りつけた。父は鏡に映った娘の裸体にひどく慌てた様子をして、「ああっ、すまんすまん」と謝ると、整髪もそそこに洗面所から退散していった。新しい下着とシャツと短パンに着替えてから、髪をドライヤーで軽く乾かして洗面所を出ていくと、両親の言い争う声が台所から聴こえてきた。

「あの子だっていつまでも子供じゃないんだから、あなたはもう少し気をつけてよ。さきに今日子がおふろに入ってるわよって言ったじゃないの」

「…オレは、あの子がフロに入ってるなんて知らなかったんだよ。毎晩遅くまで働いてて、なんでそんなつまらんことでツベコベ言われなけりゃならないんだ？　オレはあいつの父親じゃないか！」

「父親でもあなたは男で、あの子は年頃の娘じゃないの」

両親の口喧嘩には少しも関心がなかった。寝不足のために頭が割れるように痛んだ。ベッドに横になるとじきにウツラウツラしてしまい、戸外の雨風の音が心地よく耳をふさいだ。結局その日は昼過ぎに目が覚めて、カゼをひいたのを口実にして会社も休んでしまった。

——今日子のズル休みはそれから二、三日続いた。憂鬱な気分は独《ひと》りでいても晴れはしない。四日目に出社すると、職場の空気には以前よりもきなくさいものがあった。それが単なる思い過しではない証拠に、百円ショップの先輩は斜《はす》にかまえた態度で今日子に対してきた。嫉妬した先輩が他のコと語らって陰口を叩いている……と、今日子はそう感じた。事情が分かれば、昨日まで親しく話をしていた、パートのおばさんまでよそよそしい態度になる。いわゆる人間関係というやつで…実にくだらないものだ。しかも悪いことには、あの男がそんなことも知らずに平気な顔で買物に現れるのだ。しばらくは針のムシロに座らされる日が続いた。今日子は居たたまれない気持になり、カゼの次は生理不順で、その次には体調が悪いことを理由にして、ちょくちょく会社を休むようになったが、それはまたそれで憶測が憶測を呼ぶ結果になった。職場の上司も今日子の欠勤を変に思ったらしくて、女子社員のそういう噂に気づいていたものの、女のコの私的なことでうかつなことは言えないし、万一にもそれで客とトラブルを起したりすれば、会社からどんな評価をされるかそれこそ分かったものでないから、ハレモノにさわるような態度で今日子に接していた。唯一の救いだったのは、会社の中で誉子だけが以前と同じようなつきあい方をしてくれることだった。

——そうして一月《ひとつき》余りが過ぎた。勤め先から少し離れた喫茶店の窓際の席に座り、今日子は誉子と二人でコーヒーを飲んでいた。その日、二人は仕事が早出だったのでいつもより早く会社を出られたのだ。窓ガラス越しに見る郊外の景色は、夕方の六時をまわると次第に薄暗さを帯びてくる…街路樹の枯葉が舞い始める秋の色だった。今日子の表情は疲れていて憂鬱に見えた。誉子もまた浮かない顔をして、今日子が打ち明けるつもりの言葉を黙って待っていた。

「あたしは、あの人のことをもうなんとも思っていないわ…」

「どうしてなの?」と、誉子は訊ねた。

「べつに…なんとなく好きでなくなったんだわ」ありきたりの言いぐさを今日子は口にした。

…好きだった誰かに対して関心がなくなるのは、火の消えたような心境になることだ。初めに感じた胸のトキメキも不安も、すべて甲斐《かい》のないものになってしまう。変化の目まぐるしい現代で、恋愛が単なるタイミングを競うゲームに堕《だ》しているのなら、その意味で、あの男は意味ありげな沈黙を保《たも》ち過ぎて、今日子の歓心《かんしん》を買うタイミングを逸《いっ》してしまったのだ。否、あの男についていえば、そもそもタイミングとか小手先とかはなんにも考えていない、無神経さのようなものが感じられるのだ。百円ショップの先輩にしても、最近は今日子のことよりはむしろ、あの男のそういう木石《ぼくせき》な態度にイラ立っているらしかった。で、職場のみんなの感ずるところが、あの男に対する悪評《あくひょう》に振れてゆくにつれて、岡惚《おかぼ》れしていた今日子の心も、以前から覚えていた不審に火が点《てん》じられて、だんだんとみんなの思う方向へ振れていったというわけである。

「それは今日子の本当の気持なのかしら?」

誉子にそう問われて、今日子の心は微妙に揺れた。未練がないと言えば嘘になるし、他人の目を気にすればへキエキしてしまう。好きとキライが釣り合ってすぐには返事ができなかった。

「本当はまだ好きなんでしょう? それなら他人の言ってることなんか、今日子はもう気にしなければ好いのよ…」

「そんなわけにはいかないでしょう。あなたは他人事だからそんなふうに言えるんだわ。もし誉子があたしみたいに、あんな男のことで他の人から変な噂を立てられたらどうする?」

「その人を好きなら、きっとその人を選ぶでしょうね」淡々として誉子は答えた。

「でもあんな人が相手だったら…?」と、今日子は疑わしげにつぶやいた。

「どうしてよ? あの人ってああ見えてけっこうモテるし、すごくやさしそうな人じゃない?」

ともあれ、今日子と先輩の女のコがたとえ一時でも、あの男をめぐってつばぜり合いしたのは事実である。あの人は見た目はパッとしないけど、善かれ悪しかれ、他人の関心を誘うものを持っているらしい、とは誉子の見立てたところである。誉子自身にもあの男を憎からず思える部分がある。あの男の持っているその個性や雰囲気は、噛めば噛むだけ味が出てくるものなのかしら? と、誉子は最近になって興味深げにあの男を見るようになっていた。

「あたしはね…ああいう、なにを考えているのか分からない人はダメなのよ」

「あなたは本当にそう思ってるの? なにも悪いことをしてるんじゃないんだから、他人の言うことなんて飽きっぽいし、しばらくしたら噂なんかみんな忘れちゃうわよ。大体、あの先輩だって最近はあの人を好きでなくなったみたいなんだから、あなたがもうそんなに気にしなくたっていいじゃないの…今日子とあの人との仲は、みんながチャンと知ってるんだから」

「あたしとあの人となんの関係があるって言うの…変なことを言わないでよ！」

今日子は声を荒げて誉子に言い返した。隣の席に座ったアベックがそれを聴いて怪訝《けげん》な目をして見るのをはばかって、二人の会話はそこで少し途絶《とだ》えてしまった。今日子は自分の言い方の腹立たしさに内心びっくりしていたし、誉子の方もいらぬお節介《せっかい》を焼いたことを後悔した。

「ごめんなさい…あたし、つまらないことを言ったみたいね」

誉子の謝罪にも、今日子は鬱屈に胸をふさがれていて答える余裕がなかった。そして、しばらく沈黙した後で、「もういいの…」とだけポツリともらして、窓の外の暮色に目を移した。

——百円ショップの先輩の気持があの男から離れたという話は、どうやら本当のことらしかった。先輩はもうあの男のことを振り向こうとはしないし、今日子のことはまだ無視しているけど、嫉妬がましい陰口をきくこともなくなった。要は、あの男の朴念仁《ぼくねんじん》が先輩にも見きりをつけられたのだろう。職場のシカトや冷たさも、日一日ともとの鞘におさまってきた。会社に入ってすでに半年になろうとしていた。先輩との一件で失った信用を取り戻すためにも、今日子はあの男を忘れようと思った。だから、あの男が精算を済ませるために、自分のレジに並んできても、それからはニコリともせずにやり過ごしていた。すると、男の方は次第にジレてきたのが態度にもハッキリと表れてきた。それが今日子の巧《たく》まずして生まれた恋の手管《てくだ》である。が、本人にそのつもりはサラサラなくて、商品を精算したらお金を受け取るだけよと言わんばかりの高慢チキで、ちっとも愛想《あいそ》のない女のコに傍《はた》からは見えた。いつも無表情にしているあの男の顔が、明らかに失意に沈んでゆくのが分かった。職場の女のコは、今日子の方がまだ気があるとばかり思っていたので、意外な成行《なりゆき》をおもしろがっていた。それで今日子は少し得意になった。というよりはずっと前からあの男がそうして困惑するのを、彼女は一度は見たくて仕方なかったのかもしれない？

ともあれそんな調子でいれば、男の恋心も消えるのは時間の問題だった。

ある日、それは十月になって最初の土曜日のことだ。一階の食料品売場は朝から忙しくしていたので、大勢の買物客にとりまぎれて、ポロシャツにジーパンの格好で現れたあの男に気づいたのは、誉子の他には誰もいなかった。今日子はといえば、誉子の前のレジに入って、ひっきりなしに列をつくるお客をさばくのにそれどころではなかった。もちろん誉子のレジにも次から次へと客は並んでくる。少しして今日子のレジに男が並ぶのを、仕事の手を休めずに誉子は見守っていた。今日子はレジに並んだ男に気づいても、意図的に無視を続けて目を合わせようともしなかった…仏頂面《ぶっちょうづら》である。男のやさしい目つきはなにか言いたげだった。が、それでもやはり仏頂面である。…あの男の執心もそこまでだった。

男の顔にフと皮肉な笑みが浮かぶのを、今日子は目の端で認めた。…なにを笑ってるんだろうと彼女が思う間もなしに、「あーあっ…」と男は大きく溜息《ためいき》をした。それで恋は終りだった。今日子はそれでも相変らず知らん顔を続けた。あの男の静かな目顔が、その時だけはひどく歪《ゆが》んで見えた。しかし、それも束の間のことで男はすぐに平静に戻ると、精算を済ませた今日子のレジを後にして、そのままスタスタと歩いていった。そして、近くの台で商品をしまうと、何事もなかった様子をして地階の駐車場へエスカレーターを降りていった。

今日子は黙々とレジの仕事をこなした。誉子はそれをジッと見ていた。店内のにぎわいが二人の上で、三階まで吹抜《ふきぬ》けになっているだだっ広い天井にやかましく響いていた。

――明くる日の公休日に、今日子はひさしぶりにあのプータローと、街へウインドーショッピングに出かける約束をしていた。それがちょうど家を出る頃になって、ポツポツと雨が降り始めた。チッと舌打ちして玄関の傘立てから傘を取ろうとしたところが、そこへパーカーのポケットに入れた携帯電話の着信メロディーが鳴りだしたので、今日子はまた顔をしかめた。

「もしもし…今日子なの？」

と、ケータイから聴こえてきたのは、当のプータローの冴えない声だった。

「ええっそうよ。どうしたの？　もう駅まで着いちゃったの？」

「ごめんなさい…あたし悪いんだけど…今日は行かれなくなっちゃったのよ」

「えっそうなの？　なにか用事でもできたの？　ちょっと元気がないみたいね」

プータローは二、三日前に電話をかけてきた時から、なんとなく声に張りがなかった。いつもの彼女のノリが感じられずに、同棲している彼氏のつまらないグチを延々としゃべったりするものだから、たぶん彼氏とうまくいってないんだろうな…と、今日子は思っていたのだけれど、プータローは重い口を開いて、それから今日子に思いがけないことを打ち明けた。

「あたしね…こないだ病院で子供を堕《お》ろしちゃったの…」

「ええっ？　どういうことなの、それって？」今日子は仰天《ぎょうてん》して問い返した。

「生理がないからもしかしたらって思ってたんだけど、あたし…カレの子供を妊娠してたのよ」

「でも、彼氏はきちんと避妊はしてくれなかったの?」

「カレはいつも避妊をしないでHするのが気持が好いって、あたしの外で射精するから心配すんなって言ってたもん。あたし、カレのことが好きだったから、避妊してほしいって思っても強くは言えなかったし…今度のことだってお腹の子供には可哀相《かわいそう》なことをしたとは思うけど、あたしが産みたいって言ったらカレが産むのをイヤがったから、思いきって堕ろす決心をしたのよ…」

「どうして、カレが産むななんてあんたに言ったりできるのよ。あなたとはちゃんと結婚するんじゃなかったの?」

「…そうは言ってたんだけど、いざ赤ん坊ができちゃったら、今の給料ならあたしがバイトをやめて子供を育てるのに専念したら、自分の使えるお金だってなくなるし、将来は結婚するつもりでいても、この若さでまだ落ち着きたくないなんて言い出すから…父親になる人がそんなつもりでいるのに、この子が産まれてきたらきっと不憫《ふびん》になるだろうなって、そう思ってあたし…あたし、御中《おなか》にいる赤ん坊を堕ろす気になったのよ」

いつもほがらかなプータローの声はしおれきっていた。初めて子供を堕ろした友人の心の痛手が、経験のない今日子にも相身互《あいみたが》いで痛いくらいに伝わってきた。

プータローの話では、同棲中の彼氏は堕胎《だたい》手術をした日にも格好が悪いとか言って病院にも来なかったらしい。その話を聴いて、今日子は胸の中にカッと熱くなるような怒りを感じるのをとめられなかった。

「なんてひどい男なの…そんな身勝手な話ってないわ！　将来は結婚するだとか、夫婦同然だから一緒に暮らそうだとか、調子の好いことばかり言ってて、子供ができたから逃げ出すなんて、そんなの卑怯《ひきょう》じゃない！」

「あたしも子供ができたって打ち明けた時に、カレがあんな顔をするなんて思ってもみなかったわ。あたしはこんなんだけど…カレが好きだったから、カレの気に入るようにしてきたつもりだし…だから、なんか子供を堕ろしたら、カレのことなんかも含めてスッゴクしんどくなっちゃって…こんなあたしってやっぱしつまんない女なのかしら…」とっととっとっなんのことはない。プータローは要するに、カレという男のコにとって都合の好い女に過ぎなかったのだ。こんな話は世間にザラにあるし、子供を殺す責任はいつも、優柔不断の母親と身勝手な父親の双方にある。もし責任もなにも感じられないのであれば、二人は同じことを繰り返すだけだろう。が、プータローのように、子供を堕ろす当事者になって初めて痛みの分かる女のコの場合は、自責の念にかられるのは母親の側と相場は決まっている。プータローの彼氏なる父親は、産科医と彼女に都合の悪さを押しつけてのうのうとしたものだ。これはまた結構なご身分である。世の中は得てしてそんなところがある。老いも若きも男も女も、絶えず加害者となり被害者となり、弱い立場が泣きを見るように世の中はできている。世間は泣き目を見ないために、ただひたすら汲々としているようにさえ見える。そのうえ、人は因果を追求しないと気が済まない生きものらしい。プータローをなぐさめる一方で、今日子は舌先三寸で友人を傷つけた男のエゴに、まるで自分のことのような憤《いきどお》りを感じた。

「あんたが自分を責める必要なんかどこにもないわよ！　悪いのは彼氏で、自分の女のコに子供を堕ろせなんて言って、病院につきそいにも来ないなんて、薄情な人間だし、サイテーの男じゃないの！」

「あたしも最近はカレの考えてることがさっぱり分からなくなってね。病院から戻っても、あたしと二人で一緒にいるのがなんか居心地《いごこち》悪いみたいで…あたしたちもうダメかななんて思ったりして…」

「そんな薄情な男とは絶対に別れるべきよ！　今度のことであんたにも相手の本性がよっく分かったでしょう。そんな男は口では好きとか愛してるとか言っても、本心では女のコのことを見くびってるに決まってるんだわ。女のことなんか性欲のはけ口くらいにしか考えてないんでしょう。そんな男とずっと一緒にいたら、あなたは自分で自分を傷つける結果になっちゃうのよ」

「うっ…ううん」

プータローの心には、今日子の忿懣《ふんまん》を聴いてもまだ迷うところがあった。妊娠してから彼氏の見せた態度は、彼女を裏切る決定的なものだったし、もとからジメジメした性格でないだけに、彼女も心の底では悔しさを感じていたものの、堕胎手術を受けて、さしものプータローも罪の意識にさいなまれて怒るだけの気力をなくしていた。そのうえ、彼女には今になっても彼氏なる男への捨てきれない未練があった。彼氏をとるなら、プータローは堕ろした赤ん坊のことは過去のこととして、相変らず同棲を続けるかもしれない。が、今はもう胎内にいない赤ん坊を忘れられないのなら、プータローは彼氏に対して三行半《みくだりはん》を突きつけて、なにもかもやり直せるかもしれない…と、今日子は同じ女としてプータローの心情が直感的に分かるので、彼女の心がもつれたままでいるのをジレったく思った。

プータローの訴えるところでは、彼氏という男は、病院から戻ってきた彼女に向って、最初に会った頃みたいに新鮮な気持になれない…などとホザいたかと思えば、舌の根も乾かないうちにプータローの体を求めてきたりして、すべて気まぐれでデリカシーというものにまったく欠けるのだ。思いやりのない男がキライな今日子にとって、この手の男は蛇蝎《だかつ》よりもイヤな存在だった。

「自分の子供を堕ろして間もない女のコとセックスしようとするなんて、どういう了見《りょうけん》でいるのかしら？　あなたの気持や堕胎した赤ん坊のことなんか、これっぽっちも考えてやしないじゃないの」

「…この頃、カレも仕事が思う通りにいってないみたいで、なんかイライラしてるみたいなのよ…取引先とのトラブルで会社で叱られたりして、あたしに八つ当りすることもあるし」

「あなたに暴力なんか振るったりするの？」

「時々あるわ…でも女って弱いものね…好きな男に本気で叩かれたりどなられたりしたらなんだか恐くなっちゃって、心では悔しくても、なにも言えなくなっちゃうものなのね…」

「なにを言ってんのよ！　会社や家の外のことでムシャクシャしたから女をなぐるなんて、男としてサイテーのことじゃない。あんたがなにも自分を責めてみたり、無理に我慢したりする必要はどこにもないのよ。そんな男ってバカだからつける薬なんかないし、あんたが自分を傷つけないためには、同棲を少しでも早く解消してそんな男とは別れるのが一番なんだわ！」

「うん…初めの頃と違って、最近はカレも本気であたしと話をしなくなったっていうのか、あたしがなにか訊ねても適当に返事してるって感じなの。あたしもそんなのはイヤだったから、どうしてか訊ねたことがあるのよ。そうしたら急に機嫌が悪くなっちゃって…そんなことをオマエに話したって仕方がないじゃないかって、そんなことだって平気で言うのよ…」

――これを男女の倦怠期《けんたいき》というのか？　子供の飽きっぽさといえば好いのか？

「…本当に冷たい人なのね。もうそんな男とは別れた方がいいって」

「…………」と、プータローはそれでも最後のフンギリをつけるのにためらっていた。

「もしもし、ねっ本当に出てこられないの？　好《よ》かったら会って、このことであたしと話してみない？」

「ありがとう…でも今日は本当にダメなの。実を言うとね、あたし、もう家へ帰ろうかなと思って…ずっと迷ってたんで、でもこれで気持も晴れてきたわ。今日はそのことで両親と話をすることに決めた。カレとの同棲はもう親にはバレてるし、うまくやってるって両親にウソをついてるのも、自分で言っててつらいしね…」

「そうなの。それなら好かった」

「でもね…カレと別れようと思ったら、今まで我慢してた気持がしぼんだみたいになって、あの人と一緒に暮らして、あたしはこれまでなにをしてたんだろうって、そんなことを考えたりもするし」

プータローは赤ん坊と彼氏をなくした寂しさから、今もって回復できたわけではない。ところが、今日子もあの男のことで散々《さんざん》悩んだ後だったので、友人への思い入れはひとしお強かった。

「それは…でも、今さらどうしようもないことだと思うわ。だって二人で同棲することは、あなたがひとりで決めたことじゃなくて二人で決めたことなんだから。それを仕事がおもしろくないとか、子供ができたのが都合が悪いんであなたに堕ろせとか、自分勝手なことばかり言って生活をダメにしてしまったのは、あなたよりもカレの方に責任があるんじゃないかしら？」

「そうねえ…」

と、プータローの決心はもう一つ弱かった。イラチの今日子にはこの手のためらいをといて言い含めるのは…隔靴《かっか》掻痒《そうよう》の感があった。内心にひどいジレッたさを感じながら、それでも友達のためを思って、今日子は最後の詰《つ》めをおこたらずに、プータローの彼氏をあれやこれやとケナして、彼女を勇気づけるようダメを押してやった。プータローは耳元で繰り返して、自分は悪くない、悪いのはカレの方だと、今日子から聴かされるうちに暗示でも働いたのか？　彼氏の身勝手なふるまいに反発を覚えて、以前からわだかまっていた心の恨みつらみに、次第しだいに火がついた感じである。携帯電話から聴こえるプータローの声に張りが戻ったのは、彼女が自分を責めるのをやめにして、彼氏への憎しみがつのっていくのと軌《き》を一《いっ》にしていた。

「あたしは、あんな男とはキッパリ別れることにする」

プータローが以前の口ぶりを取り戻したうえで、彼氏との別れを宣言するのを聴いて、今日子もようやく得たりやおうの胸のすく思いを感じた。携帯電話を切ると、かれこれ半時間も話していたのに気がついた。二階の部屋から窓の外を見ると、少し前は小雨がパラつく程度だったのに、灰色のかった空に銀の矢が何本か走ったかと思うと、雨脚は見る間に道路のアスファルトを黒々と濡らす勢いとなり、郊外にかすんだ小山の上には、季節外れの雷のきらめくのが目に映った。と、まもなく雷の落ちる轟音が今日子の耳まで響いてきた。ベランダに干したタオルケットを取り入れるのに窓を開けると、戸外に吹く風は涼しいよりも肌が粟立《あわだ》つほど冷たくなっていた。プータローと話した後のすがすがしさが去ってゆくと、今日子の心には、雨雲を見上げた時の味気なさが静かに波紋を広げていった。

四

――山野誉子は、今日子が公休日だった日曜日に眼鏡《めがね》をかけて会社へ出かけた。それまではコンタクトレンズをしていたのが、最近になって眼鏡をオシャレに感じるようになり、昨日の休みの日に、眼鏡屋へ寄って気にいったものを注文したのである。女のかける伊達《だて》眼鏡にはそれなりのわけがある。

タイムカードを押して更衣室へ向かう通路では、「おはよう」と挨拶《あいさつ》をかけてくる店の同僚も忙しそうにしているので、彼女の眼鏡を気にする女のコは一人もいなかった。

更衣室のロッカーを開けると、誉子は眼鏡を外して、シャツとジーパンを脱いで白いブラウスに着替えた。この会社は制服のベストに着る白のブラウスを支給している。誉子はまっ白のブラウスなんて、あまり好きではなかった。それから彼女は水色のベストを着て、左胸の位置に名札をピンでとめた。そして、眼鏡をかけて髪を整え、ロッカーの扉についている鏡で身づくろいを映してみた。…悪くない。誉子の顔は全体に小作《こづく》りで目鼻立ちは整っている。美人の部類に入るだろうが、普通にかけているふちなしの眼鏡を、わざと少しばかり鼻先へずらしてかけてみると、その表情は可愛《かわい》いというのが似合《にあ》う顔になる。…うん。これでよし！　と得心して勢いよくロッカーを閉めると、そこで自分がまだスカートをはいていないのに気がついた。朝っぱらから大ボケである。

…およそ身なりとかアクセサリーというものには、なんらかのメッセージが含まれている。たとえば、かつてのジュリアナ時代に、今はおばさんの当時の女のコが踊り狂っていたのも、肌にピッタリするボディコンそれ自体が、彼女らのまとった原色の肌に外ならなかったからだ。要するに露出趣味とたいして変わらない。それに、バブルの頃も今もたまに見うける、大借金をしてまで金ピカ趣味とブランド物のスーツと高級外車が好きで好きでしょうがない若者らは、なけなしの金をはたいて、自画自賛の既製品で個性とやらを主張しているわけだ。

で、山野誉子が急に眼鏡をかけてみる気になったのも、同じ伝《でん》からしてなにか意味があるのは察《さっ》しがつく。誉子が売場に入ってゆくと、開店準備を始めている社員やアルバイトの若い男のコが、何人かチラッと彼女に目をやった。べつに深い意味があったわけではない。男性の視線というのが、美人とかナイスバディとか可愛らしい女のコに弱くもろいもので、パブロフの犬よりも忠実なだけだ。ところがところが、職場の同僚に「おはよう」と声をかけながら持場へ歩いてゆく誉子を、他の男性とはちょっと違った視線でながめている男が一人いた。

この男は味野健二《みのけんじ》という名前の、食料品担当の若いバイヤーで、大学を出てから東京でしばらく働いていたのを辞めて、故郷にUターンしてこの会社へ再就職した、二十六歳になる独身の男である。会社では売場部門と本部の仕入れ部門と部署が異なるので、誉子と顔を合わすことはめったにないが、その日はたまたま取引を始める新商品の打ち合わせで、朝から売場に出ていたのだ。味野は鼻先に可愛らしく眼鏡をかけた誉子の姿を見かけると、なんというかほのぼのとする幸福感を覚えた。自分の好きな女のコと同じ会社で働いているのが、よっぽどうれしかったのかもしれない。純情な人だ。仕事は熱心でよく働くし、仕事中毒を自任《じにん》する方だが性格がちょっとコスい。まじめで遊び人ではないが、人間がやや陰険である。

実を言えば、味野が新人の山野誉子に好意を持っているのは、職場の中で知る人ぞ知る噂であった。事の発端は、誉子が入社し、実習中の札を着けて売場の仕事を習っていた四月頃までさかのぼる。その時期に新入社員の歓迎会がもよおされたが、味野はその席で誉子を見そめた。しかもあろうことか、会社の同僚との雑談中に、マジメな顔をしてそのことをペラペラとしゃべってしまった。最初は誉子もそのことに悪い気はしなかった。味野をメンバーに入れた先輩の男性社員らに誘われて、今日子や他の女のコも連れてドライブに出かけたり、飲みに行ったことも何度かあった。しかし、味野の目論見はそれから間《ま》もなくして…一頓挫《いちとんざ》するはめになった。ケチの始まりはコンパの二次会だった。それは味野が悪いのではなくて、同じバイヤーの男が酔った挙句《あげく》に今日子を口説いて、彼女をさわりまくったからだ…その男は酒乱のクセがあった。その夜のコンパは白《しら》けてお開きになってしまい、それ以後は、誉子ら新入社員もその手の誘いには応じなくなった。味野に対する誉子の感情は、彼をそもそも会社の先輩にしか思っていない。が、味野自身はこの件を痛く悔しがり、今もって以前のような、先輩後輩の仲から恋がめばえてなどと、そんな思いこみを本気で考えているらしかった。

昼前に雷を伴なう土砂降りに変わった雨は、午後になって雨脚《あまあし》を落としたものの、依然《いぜん》としてやむ気配は見られなかった。店内は日曜日というのに、あいにくの雨にたたられて、昼を過ぎても少しも客足が伸びなかった。誉子は昼をとっくに過ぎた時間に昼食をとるためにレジを離れた。店内の焼きたてのパン屋でサンドイッチを買ってから、通用口を一人で出ていった。店の裏手では、プラットに置かれた食材や商品の箱をみんなで仕分けをしている。新商品かなんなのか？　売場の課長や数人の男性社員らと一緒に、味野があれこれとパートのおばさんたちに指図《さしず》をしている。味野は彼女に気づいたのか、それとなくこちらを見ていた。でも、誉子にはなんの関係もなかった。

休憩室で誉子が新聞の朝刊を読みながら、コーヒーとサンドイッチで昼食を取っていると、今し方、プラットで仕分けの作業をしていた同僚の一人が、ジュースを飲みに休憩室へ入ってきた。誉子とはそんなに親しくはないコだった。だが、彼女と味野の噂は小耳にはさんだことがあるらしく…誉子を見つけると、ニヤッと口もとをほころばせているのが分かった。誉子は読みかけの新聞を置いて、しばらくその女のコのおしゃべりにつきあわされた。話というのは案の定《じょう》、味野のことが話題になった。誉子は、そんなことはどうでもよかった。同僚の女のコは、誉子に未練たっぷりな味野のことで、彼女を焚《た》きつけてやるつもりでいるのか？　しきりと味野が彼女を気にしていることを言い立てたけど、誉子の方は、「そうかしら？」と繰り返すだけで、味野のことに興味を見せる様子はかけらもなかった。

「…山野さんは、味野さんのことをもうなんとも思っていないの？」

「べつにあたしは最初から、味野さんのことをなんとも思っていないわ」

「でも、会社に入った頃はみんなで好いムードだったじゃない？」

「…そうかしら？　あたしと味野さんとはなんにもなかったもの」

トホホの味野君にとっては、兵《つわもの》どもが夢の跡である。

「あなたは味野さんのことがキライなの？」

「味野さんを好きだとかキライだとか、そんなことはちっとも考えてないわ…ただそれだけのことよ」

誉子は淡々《たんたん》とした口調で恋心を否定した。柳《やなぎ》に風と受け流されて、女のコも拍子抜けした感じだった。

「味野さんってちょっとノリは悪いけど、仕事はバリバリする人だし、あたしは悪くないと思うけどなア…最近は忙しいから味野さんも本部で遅くまで仕事をしてるらしいわよ」

「ホントに忙しくて大変よねえ」と、誉子の反応は他人事を聴くようで…ほとんど取りつく島がないくらいだった。どうしてもキライなものを自分を偽《いつわ》って好きと言えないのが、この女のコの性分だった。

誉子の同僚は、それで彼女が本当に味野に無関心なことが分かった。事実、味野のような男性は彼女のタイプではなかったし、今の仕事もつまらないから辞めようと考えていたのだけれど、誉子には、会社を辞める前にケジメをつけたいことが一つだけあった。

――三時前に誉子は休憩室を出ていった。店の裏手から天気を見ると、空は灰色で雨は当分やみそうになかった。そして、通用口を入って惣菜《そうざい》売場の前を通った時になにげなしに目をやると、今日子にフラれたあの男がそこで買物をしているのが見えた。右手にカゴを下げて、脚が短いのでジーパンが格好よくないのと、シャツにアイロンを当ててないのもいつものままだ。今日子はあの男が平日の昼間からそんな格好でブラブラしているのを不審《ふしん》に思ったけど、誉子はそれがたいして気にならなかった。とにかく人は知り合ってみないと、本当のことはなにも分からないのだから。誉子が近づいてゆくと、男の方も彼女に目をとめた。今日子がいうほど悪い人間には見えなかった。一昨日《おととい》、今日子から無視されたのがこたえたのか？　男はどこか潮《しお》たれても見えた。そんな男をどう思うかは…人それぞれである。誉子は偶然に感謝した。図書館のラベルが貼られた本を男は手に二冊持っていた。一冊は日本の文庫本で、もう一冊は米国のペーパーバックスらしく、表紙に「ＩＮ　ＣＯＬＤ　ＢＬＯＯＤ」と書名があった。

誉子を見かけて男は小さく会釈した。誉子の方は、「こんにちは」と元気よくあいさつを返したのを自分でも驚いたくらいだった。

――実は、この二人はすでに図書館で何度か会ったことがある。最初は一月くらい前のことで、ちょうど今日子がこの男をめぐって先輩とまだモメていた頃のことだ。誉子は普段は家の近所にある図書館を利用していたが、その日は彼女の休みがたまたま図書館の休館日に当っていたので、自宅から少し遠い中央図書館までわざわざ車で出かけていった。で、そこで男を見かけたのだが、その時はさすがに知らん顔をして過ごした。男は閲覧席《えつらんせき》に座ってなにやら勉強をしている様子だった。誉子もその日は、図書館で一日勉強をするつもりだった。昼になると、机の上はそのままで近くのファミリーレストランへ昼食を食べに出かけた。眠気ざましのコーヒーを飲んで図書館へ戻ってみると、男がベンチに座ってサンドイッチを頬張《ほおば》っているのが見えた。誉子が席に着いて本を読み出してから、程なくして男も席に戻り、再び勉強を続けた。昼日中《ひなか》の街中の図書館という所は雑多な人々が訪れてくる。平日であっても、年寄や子供連れの主婦や学生がいれば、それに仕事を抜けてきた人や仕事をしていない様子の大人もいるし、職業や年齢や性別も様々である。

…午後も二時間くらい勉強したところで、誉子は不意に少し離れた席に座っている男を横目でのぞいてみた。すると、男はさっきまで続けていた勉強のノートを脇に置いて、図書館の棚から持ってきた一冊の本を読みふけっていた。しばらく見ていたが、相変らず男は読書をやめなかった。それでというわけでもないけど、誉子も参考書とノートを脇にやって、読みたい本を館内で物色《ぶっしょく》して閲覧席に戻ると、それを読み始めた。同じ本でも教科書や参考書よりも、彼女はやはり読書をしたかった。実を言えば、誉子は今のスーパーの勤めを辞めて、来年の春に大学を受験するつもりでいたのだ。今の仕事はべつに就きたくて就いた仕事ではない。同じ高校でも早くから就職を決めていた今日子たちと違い、誉子はもともと進学を希望していた。それが去年の夏に調子が狂ってなんとなく就職してしまったクチなのだ。それから二時間ほど本を読んで、あの男がまた勉強に取りかかったので、誉子もまた受験勉強に取りかかった。二人はその日、図書館が閉館するまで勉強を続けた。一日中勉強しているか読書しているかで頭の使い通しだったから、席を立つ時には軽い立ちくらみを覚えた。九月のことなので、図書館の入口を出た頃には外もまだ明るく、誉子が見ているのも知らずに、あの男が自転車をこいでシャアシャアと前を通り過ぎていった。

…と、それからというもの、誉子は休日に勉強する場所を近所の図書館から、あの男が通う遠くの中央図書館に変えた。彼女が出かける日は、男も必ず図書館で勉強していた。というか…あの男はほとんど図書館に入りびたりで勉強をしているらしかった。なんの勉強をしているのかしら？　と誉子も好奇心を持ったが、洋書を机に置いて、なにやらセッセと翻訳みたいなことをしている様子だった。誉子は図書館に出かけると、いつも男の座る席とは少し離れた場所に座って、参考書を広げていた。そして、男が翻訳の合間に自分の好きな本を読み出すと、彼女も受験勉強の手を休めて、のんびりと読書を楽しんだ。男はどうやら無口な人らしかった。机に向かっている時はしかつめらしくも見えるが、それが職場でただの買物客として見る顔とは少しばかり違っていた。いつしか、彼女は好奇心以上のものを男に感じていたのかもしれない。はっきり言って勉強も手につかなくなってきた。いけないいけない…とは思いつつ、自宅でも職場でも、ましてや図書館で見かけたりなんかしたら、一人の女としてそんなに冷静ではいられなくなった。今日子と違って誉子は、こういう蛇の生殺《なまごろ》しみたいなことに、いつまでも忍耐できる性分ではなかった。それである日、どうやら男の方も自分を憶えてくれていそうな目星がつくと、早速とばかり彼女は様子を試してみることにした。それが会社の指定休日だった先週の金曜日のことである。

――めぐりあいの常として、誉子は偶然の出会いを装ったはずだが…少しわざとらしい出会いになってしまった。水曜日のその日、誉子は十時の開館時間を過ぎてから男のいる中央図書館へ出かけた。思ったとおりに男は閲覧席の机で翻訳の作業をしている。シメシメである。昼を過ぎて昼食から戻ると男はいつものように席を立って、館内の書棚《しょだな》の間をと見こう見しながらブラついた。すると、誉子も席を立って、本をさがすふりをして男の近くをブラついた。最初は向きあった書棚の前をお互いに背中合わせでやり過ごした。と…これでは気づかないかもしれないと思いなおし、今度は男の後ろを歩く時に、「モンゴメリーの『赤毛のアン』ってどこにあるのかな?」と可愛らしくつぶやきながら、いかにも男の関心を誘ってみた。しかし、男はそれを無視するかのように相変らず本を選んでいる。誉子は少しムッとしてきた。しかも自分の前にあるのは鉱業と材料学の書棚だった。なんかしら自分がバカみたいに思えてきて、今度は三度目の正直のつもりで、書棚をグルリと一周して戻ってみると、あの男はそこにいなかった。どこへ行ったんだろう? と思って館内を見まわしてみると、いつのまにか男は外国文学の書架をさがしている。誉子は少しも迷わずに男のいる所まで歩いていった。今度はためらいもなしに立ち読みする男の隣で本をさがした。と、そこへ「赤毛のアン」の邦訳を男が差し出してきた。誉子がニッコリと笑みを浮かべると、男も微笑してそれに応えた。魚心あれば水心とは…このことなのかもしれない?

――その時にした会話はたいしたことはなかったけど、そのような経緯《いきさつ》があったおかげで、日曜日に勤め先の店内でばったり男に出くわしても、互いに顔みしりでない時分よりは気軽に話すことができた。年齢は自分よりかなり年上の人だが、はにかんだ表情がどこか去年亡くなった彼女の大伯父を思い出させた。誉子は家族や親戚からなんとなくうとんぜられていた、この大伯父を今でもなつかしく思ってい た。山野誉子がこの男をなぜか身近な人のように思い始めたのも、この頃からのことである。

「児山さんは、今日も図書館で勉強していたんですか?」

「ああっ暇なんでね…」

「あたしも明後日《あさって》が休みだから、また図書館で勉強しようかしら…」

児山祥一郎《こやましょういちろう》…それがこの前に誉子が聴いた男の名前である。

「今度会ったらお茶でも飲みに行こうか?」と、児山はなにげなく訊ねてきた。中年男によくあるいやらしさはあまり感じられなかった。はしたない言い方をすれば、男と女はすべてお互い様である。お茶するくらいなら、むしろ誉子にとって望むところだ。児山の申し出に快《こころよ》く応じて二人はそこで別れた。児山と立ち話するのを他人に見られるのはかまわないつもりでも、店員の誰かに見られるのは、今日子と先輩の間に児山のことで悶着《もんちゃく》のあった後だから、やっぱり彼女にも気のひけるところはある。現になんの用事か知らないけど、休憩中の噂へ出てきた味野君が売場にやって来て、児山と話をする彼女に目を光らせているのが、それとなく分かった。商品棚の前で仕事をしているふりをしながらこちらを透き見しているのだ。そっちの方がもっといやらしい！　誉子はこれで味野という男を完全にキライになってしまった。

——翌々日の水曜日に、誉子は図書館へ行くのにいつもより早目の時刻に自宅を出ていった。気がせくわけでもないが、なにかありそ…と思えば、それだけで気持がそそられる。イケイケの女のコとはまた違うけれど、変にためらってグズグズするのは、彼女の性分が許さないのだ。隣接する駐車場から図書館の入口へ歩いてゆくと、数十人の来館者が開館時刻を待ちながら列をつくっていた。誉子はその後ろの方に並んで、児山の姿を目でさがした。と、来館者の列とは少し離れた噴水の周囲に並べられたベンチの一つに、児山の見覚えのある背中が腰かけていた。児山は他の来館者を尻目に静かに本を読んでいた。そして、誉子が近づいてゆくと、彼女に気づいて小笑いして会釈《えしゃく》をしてみせた。

「早いんですね…」

「ボクはいっつもこんな時間さ…」

午前十時を過ぎて図書館の職員が玄関を開けると、来館者の列が図書館の中へゾロゾロと入っていった。

「卒論や就職試験の勉強で来るのかな？　相変らず学生が多いや…」閲覧用の席で自習をするために図書館へ足早に入ってゆく若者らに、児山は目をとめて言った。

「あたしも、来年の受験は大丈夫かしら？」

誉子は自分が来年の春に大学を受験するつもりでいることを、この前すでに児山に話していた。

「山野さんは、どうして会社を辞めて大学に入りたいと思ったの？」

「今の会社にいたって、べつに働きたいって思ってしてる仕事でないし…それにあたしは、もともと大学へ進むつもりでいたから、それなら仕事を辞めるのも早いうちが好いかなと思ったんです」

児山はべつに、誉子が去年受験しなかった理由をあれこれ穿鑿《せんさく》したりはしなかった。それで誉子も気の置けなさを感じたものだろうか、児山に身の上を訊ねてみる気になった。

「児山さんは大学へ行ったの？」

「ああ…」

「どこの大学？」

「東大の文科だよ…」

児山には一流大学の出身者でたまァに見かけるような、尊大なところは少しもなかった。もっとも東大の学生さんも、東大卒というだけでもてはやされることもあれば、逆にケナされることもあるのだから、少しくらい気負うところがあっても、それは若さというものだろうが、児山は好い歳というにはちと早いし、垢《あか》ぬけたふうにも見えないし、ただ世帯やつれしていないだけ若く見えるという程度の、ごくごくありふれた風采《ふうさい》をしていた。

誉子はそれを聴いて、へえっ…と意外な感じを覚えて、「…東大を卒業して、今はどんなことをされているんですか？」と、つい襟《えり》を正した口調になってその先を訊ねてみた。

「今は無職さ…」

「仕事がなくて、生活はどうしているんですか？」

「とりあえず失業保険をもらってるよ…」

と、ごく普通のコであれば、児山のそんな身の上を耳にしたら、東大出で零落《れいらく》したこの男を斜めにして見るのが普通なのだが…幸か不幸か誉子の場合は、亡くなった大伯父という人が、旧帝大時代の東大の英文科を卒業して紆余曲折《うよきょくせつ》のある人生を送った人物だったから、曰《いわ》くがありそうな児山の身の上にもさほどの違和感は起らなかった。むしろ、誉子は大伯父のじいちゃんがそうだったように、ちょっとひねった翳《かげ》のある児山という男に、前にもまして興味を持つようになった。

「山野さんは、大学に入ったらなにを勉強するつもり?」

「ええっと、大学には…今熱中しているプルーストやフランス映画が好きなんで、文学部の仏文科に入りたいですね」と、この辺はご愛敬《あいきょう》だった。

が、誉子は本気で大学を受験するつもりでいるし、母親にもその旨《むね》は伝えてあった。それから児山を相手にしばらくの間、誉子は問わず語りに自分の希望とする大学のことや、報道関係か宣伝の仕事をしたいという、将来のとりとめない夢を語りだした。職場でそんなことはおくびにも話さないせいか、誉子は機嫌よくしゃべり続けた。児山はフムフム…とそれに相槌を打ちながら黙って聴いていたが、誉子の思いがけないことを不意に訊ねたりした。

「山野さんは野次馬《やじうま》なコか?　それとも理づめで考えるコか?　どっちのタイプの人かな?」誉子は少し突拍子《とっぴょうし》もない質問に戸惑いつつ…自分のことを真剣に考え

てみた。

「…あたしは好奇心が強いんで、野次馬っていえば野次馬な方だけど…でも、他のコの中ではどこか浮いちゃうんですよ。休みの日ものんびり本を読んでるのが好きだし、自分では理屈っぽい方だとは思わないけど、みんなとはなんでも一歩ひいてものを観ている気がするし」

「わりと冷静に自分を見てるんだな…」

「…そうかしら？」

「眼鏡をかけてから前よりそう見えるよ」と、児山は微苦笑《びくしょう》してそう言った。

誉子はその一言が妙にうれしかった。実はコンタクトをやめて眼鏡に変えたのも、子供子供して見えるのをもうちょっと知的に見られたかったからで、おかげで少しはその甲斐があったというものだ。児山にほめられてから、誉子はチラっと窺って児山の顔を見た。けれど、児山の方は彼女のしぐさのそんな委曲《いきょく》には関心を示すこともなく、同じ口調でまた話を続けた。

「大学の同じゼミを取っていた同級生で、新聞記者になった男と広告代理店に入社した男が話すのをずっと前に聴いたことがあるけど、ジャーナリストみたいな仕事は、野次馬で好奇心の強い人間でなかったら、記事をつくるのにそもそも興味が持てないし、一旦あることに興味を持ったら、理づめに考えていかないと好い記事は書けないんだってさ。そうしたら、その時に一緒に飲んでた広告代理店の男がひどくそれに同感して、商品を宣伝する仕事も同じことだって意気投合してたよ…。昔のことだけど、実際に働いている人が言ったんだから、やっぱりそういう業界にはそういうタイプの人が向いているんだろうね」

「…児山さんは、その頃はなにをしてたんですか？」

「ずいぶん以前の話だから…あの頃は高校の教師になって間がなかったなァ」

「児山さんはその大学の友達と話をしていて、どんなことを感じたのかしら？」

「どんなことを感じたかって？」

「ええっと…その時に感じたっていうか考えたことは…もう憶《おぼ》えていませんか？」

「いや…よく憶えてるよ」

「どんなこと？」

「宙ぶらりんって感じで、ひどく居心地の悪い気分だった…」

「？？？」と、児山の言わんとするところを、誉子は図《はか》りかねていた。

「つまりなんていうのか、自分が自分でないって感じがしてたのかなァ」

「ああっそれなら分かる。あたしも今の自分がなんとなくピンときてないもん」

「…でもね、誰でも若い頃にそんなふうに感じたとしても、ちょっと年をとれば自分がピンとこないのも忘れちまって、毎日の生活に埋もれてしまうもんさ。さっき言った新聞記者になった人にしても…本当は今でもそう言ってるかどうかは分からないよ…」

「児山さんの大学時代の友達は、今はどうなさっているんですか？」

「今は彼らと交際はないから知らないよ…」

と、寂しげに話す児山の態度には、なにか屈折したものがあるのかしら？　誉子の心にも東大出に対する偏見がチラッと頭をかすめた。しかし、児山はそんなことにはかまわずに、ベンチを立つと図書館の方へ一人でブラリと歩きだした。女のコをその場に残して一言もなしにである。

…死んだ大伯父のじいちゃんも生前にそういう気ままなふるまいをすることがよくあった。本人は悪気とてさらさらなかったけれど、最後までそんな感じでいて行《ぎょう》状《じょう》が改まることはなかった。児山という男性も大伯父のじいちゃんと同じような人なのかしら？　と、誉子はのんびりと歩いてゆく児山の背中を見つめながらそんなことを考えはしたものの、亡くなった大伯父さんを思い出すうちに、一見してつれない態度にしか見えない児山という男の存在が、正体のしれないものからなつかしいものへと変わってゆくのを覚えて、我ながら不思議な感じがしていた。児山は図書館の入口で誉子を振り返ってみたが、そのまま声をかけるでもなく…秋の日のやわらかな日ざしが、二人をなごませてくれるようでもあった。誉子は鼻先にずれ過ぎた眼鏡をちょっと指で上げると、表情に笑みを含んで児山の後ろへついていった。

五

――山野誉子が会社に辞表を出したのは、それから一月後の十一月に入ってからのことだ。退職理由は大学を受験するための一身上の都合であるが、会社の上司は誉子の意思を確認すると、彼女の辞表は間もなく受理された。誉子が会社を辞めるという話は、それから二、三日もするとみんなに知れ渡った。すると、その直後から誉子の退職について憶測する声が、職場でチラホラとささやかれるようになった。憶測の種というのはまず、誉子の退職を人づてに聴いた味野君の話から始まった。誉子に焦がれた味野の思いは、ここしばらくなりをひそめていたけれど中身は相当なものだったので、彼の落胆《らくたん》ぶりは案の定…ひどいものだった。もっとも、たかが高校を出たばかりの女のコが会社を辞めるくらいで…と周囲から冷ややかに見られたので、味野君もすぐに動揺を抑えはしたものの、なにかの仕事にかこつけて売場へ出てくるたんびに、誉子の様子をソッと気にしているのが、事情を知る古株のおばさんらの目にはそれとすぐに見破られた。純情男の一途な思いもこうなると一つの茶番《ちゃばん》で、口さがないパートのおばさんや職場の女のコたちがする噂話に、ちょうど好いエジキになってしまったのは味野君にとってまったく気の毒な話で、誉子にとっては迷惑千万の話だった。

そして、味野君の消極的なアプローチがやっと本人のあきらめがついたらしく？急に糸が切れたように終ったと思いきや、今度は他の噂はが実《まこと》しやかに流れてきたけども、それは…ななっなんと、味野君が本部の連中に誘われて合コンに出かけた晩に、同席していた会社の女のコとホテルにしけこんだというものだった。もっともそれは、二人がホテルに入ったところを目撃した者が誰もいないので、あくまでも憶測に過ぎないものだったけれど、二日酔いの味野君が背広をヨレヨレにして、翌朝にそのコを会社の寮まで送ってきたのを、同じ会社の人間が見ているのだからデキていると思われても仕方がなかった。しかも、本部の女のコはなんでも味野君と同じヨレヨレの格好になって、味野君にしなだれかかるみたいにして部屋の中へ二人して入っていったというのだから…あの二人は会社の寮でなアにをしているんだろうか？　と評判されるオマケまでついた。以来、味野君がその女のコと顔を合わせると、会社の人間はこっそりと目顔を交《か》わしてニヤリと笑い合った。大方、味野君の前からの恋人であったか、さもなくば味野君に片思いをしていた女のコが、誉子にご執心の味野君の浮気に怒って、飲み会の晩にとうとう勝負をかけたとかそんなところなんだろう。看板を重んじる会社でこの手の既成事実ができあがれば、年貢《ねんぐ》も納め時である。

ところで、誉子の方はその話を聴いて、味野君との噂は一件落着したつもりでいた…はずだったが、噂には尾ヒレというものがつきもので、味野君が売場に現れなくなりホッとしたのも束《つか》の間、今度は彼女が味野君につれない仕打ちをしたのをかんぐられて、またもや新手《あらて》の噂を流されてしまった。いったい山野誉子という女のコが会社の同僚に噂の的《まと》にされたのは、スーパースターの味野君に関わり合ってしまったのがそもそもケチの始まりであるが、それとはべつに、みんなとの交際でも彼女の態度が普段から気を置けるものだったことが災《わざわ》いして、陰険な悪口の叩かれ方を一層ひどくした感じがあった。要するにそれは女同士のイジメである。

――誉子が味野さんをフッたのは、実はあの男の人とデキているからなのよ…と、その噂を聴いた時に今日子はひどく複雑な気分になった。誉子は辞表を出して以来、日頃から彼女のことをよく思っていない女のコの反目《はんもく》もあって、職場でちょっと孤立した存在になりかけていた。他人に同調しやすい今日子は、それでも彼女とすぐに疎遠《そえん》になるのは気がひけた。そのうえ、女心の微妙なあやで、彼女はあの男の心を奪った誉子という友人に、なぜかしらひかれるものを感じて、彼女をかばってこれまでのように友達同士でいるのを続けたいと、心の底ではそう思っていたのだから、これはこれは…オヨヨといったところであるが、そのためには誉子があの男と交際していることが、せっかくの好意を邪魔することになる。とにかく少しばかり屈折してはいるけど、今日子は今日子なりに友達のことを心配して気にかけていたのだ。

「どう、まだ時間がかかりそう？　あたしは誉子を手伝ってあげても好いわよ」

と、そんな噂の最中に、今日子が冷蔵庫の前で商品を片づけている誉子に声をかけたのは、閉店後の遅い時間だった。最近では誉子をきらう同僚のグループは、終業後の店の片づけさえ、彼女のことを手伝わなくなっていた。今日子はそんな友人のことを心配して、誉子の仕事を手伝いにきたのである。

「ここの片づけが終ったらもう全部終りだから、あたしのことは大丈夫《だいじょうぶ》よ」

と、誉子はいつもの調子で答えた。職場でシカトや陰口を叩かれたといっても、彼女はちっともへこたれていなかった。それは今日子にはマネできないことで、つらい気分になることもあるだろうと思うけど、誉子はいつも平気な顔をしていた。

「…誉子も大変ね。この店の人ってみんな意地が悪いから。あなたが会社を辞めたくなった気持なんかも、あたしにはなんだか分かるような気がするわ…」

「…………」しかし、冷蔵庫の商品を片づける手を誉子は休めなかった。

「みんなはあなたの悪口ばっかり言ってる。いつかあたしゃ先輩と噂になった、あの男の人とあなたがつきあってるとかなんとか…そんなことって本当のことじゃないんでしょう?」

たしかにこの一月《ひとつき》と少しの間、誉子は少し無遠慮に過ぎたかもしれない。店内で児山とちょっと立ち話しているのを、店の人間にもなんべんか目撃されてしまった。もっとも、彼女の方でも最近では、この店では買物をしないよう児山に頼んではいるが、すでにばれているものはどうしようもなかった。児山とのことは今日子にはなにも話さずにきてしまったのだ。誉子は黙って片づけを続けていた。と、今日子にはその態度がひどくカンにさわった。他人の好意は素直に受けるものだ、という好意の押売りみたいなものである。

「あたしは前にあなたに言ったことがあるわね。他人の噂なんか当てにしたらダメだって」とはてさて、誉子は沈んだ口調で話しかけたが…一転してハツラツとした声になると今日子にハッキリと言い放った。

「だからあたしは、他人のするウワサなんてなんとも思ってやしないのよ! みんな勝手なことしか言いやしないんだから。今日子だっていつまでもそんなことで悩んでたりする必要なんかないのよ!」

誉子はそれだけ言うと、また平然として片づけを続けていた。なんて強情《ごうじょう》で意地っぱりなコなんだろう! 今日子は歯ぎしりする思いでフンっと顔をそむけると、肩を怒らせてそのまま更衣室へ帰ってしまった。

——十一月も最初の週が過ぎて、誉子の退職する日が近くなると、口さがない陰口もよけいひどくなった。もっぱら誉子を悪く言ってヒソヒソと悪口をささやき合うのは、彼女と以前からソリの合わなかった数人の女のコと、百円ショップの先輩らの六、七人の女のコたちで、今日子も今度はそのグループに加わっていた。結局のところ、他人の不幸は蜜の味なのだ。おまけに悪いことに、誉子は図書館の帰りに駅前の繁華街へ児山と出かけているのを、同じ日に休日を取っていた同僚の一人にバッチリ見られてしまっていた。

職場の雰囲気もこのところ悪くなっていた。売上が低迷して、上の人はどこか殺伐とした顔でいるし、会議でどなられるし、欠員の不補充はあるし、残業代のカットはあるし、そうでなくても職場のおばさんらは不満をかこちやすくなっているし、ただでさえ扱《あつか》いづらいところのある若い女子社員らは、人間関係でゴタゴタしているし、上からも下からも文句を言われるし、それが仕事とはいえ、ゴマ塩頭の売場の課長さんなんかはもう気の毒にすら見えた。

今では誉子のことを、今日子はもう遠慮なしに軽蔑して見ていた。どんな人間なのかもしれない中年男に熱を上げたりして、あのコはバカじゃないかと思っていた。お高くとまる今日子の心の中には、名前すら知らない男にはもう恋着《れんちゃく》だってなかった。彼女は我知らずほとばしる感情の渦に巻きこまれてしまい、干上《ひあ》がった日常の中へ埋もれようとしていた。

――その日も誉子は、会社を出る際に彼女と仲の悪いグループと悶着《もんちゃく》を起した。諍《いさか》いには理由らしい理由はない。ただきっかけがあるのみだ。

誉子は自分の仕事が終って、タイムカードを押して帰宅しようとしたところを、まだ仕事をしていた例の先輩が通りかかり、難クセをつけられてしまった。ねちねちとイヤミを言われて誉子も負けん気で言い返した。仕事を終えた店の女のコやパートのおばさんらが、二人の方を見て見ぬふりをして外へ出ていった。そして、先輩の周囲にはいつものとりまきが集まってきた。その一番後ろには、誉子と目を合わさないようにして、伏し目がちの今日子が立っていた。口喧嘩のつまらないやりとりがしばらく続いた。

「みんなは、まだ仕事をしているじゃないの！」

先輩の言い分は、要は誉子が身勝手に過ぎると見えることだった。だが、他人の身勝手をあげつらう人には、自分の身勝手さは見えなくなるものだ。誉子はこんな矛盾がキライで、高飛車な言われ方をすると、ハネッかえりの気性がムクムクと頭にもたげてきた。

「あたしは自分の仕事が終ったんで、失礼しますって課長に挨拶もしました！」

怒った切口上《きりこうじょう》を先輩に投げつけるや誉子は踵《きびす》を返して通用口からサッサと出ていった。

「なによ？　あの態度は…」

先輩は誉子の態度に憤慨《ふんがい》して、彼女のいけ好かなさをプンプンとむくれた様子でとりまきに訴えながら、今日子やお友達の女のコらと一緒に休憩室へ入っていった。

「…ったく、あのコったら本当にずるがしこいんだから」

先輩はテーブルについても、まだ怒りがおさまらない感じだった。

「今月で会社を辞めるから…あのコは仕事のことなんかどうだっていいのよ」

そこで、とりまきにいる女のコの一人が分け知り顔で誉子の秘密を暴露した。

「あたしね、この前の休みの夕方に図書館で借りた雑誌を返しに行ったんだけど、そうしたらね、あの人と山野の奴《やつ》が二人でいるところを見ちゃったのよ…」

今日子の顔色はにわかに気色《けしき》ばむと、じきに陰にこもる表情へ変わっていった。

「その時の二人って、どんな感じだった?」先輩が催促《さいそく》するように訊き返した。

「それがねえ、図書館が閉まるんで外へ出てみたら、あの二人がラブラブ・モードになってどこかへ行くとか行かないとか言って、なにかしら楽しそうに話をしてるのよ」

意地悪な魂胆《こんたん》に気が差して声音を低めながら、さらにその女のコはほくそ笑みながら話の先を続けた。

「それでえ…あたしヒマだったから二人の後ろを尾《つ》けていったのね…そうしたら、山野の奴ったらあの男と二人で、マンションのビルへ入っていくじゃない」

「可愛いらしい顔をしてわりとやるもんね…あのコも」

女のコの一人がそうつぶやくと、柔らかな両の頬肉《ほおにく》を開いて白い歯をチラッと見せる時の、女性に独特なあの隠微《いんび》な笑みを浮かべて、他の女のコたちもたがいに顔を見交わした。今日子もその時に誉子とあの男との濃厚なシーンが頭をかすめたらしく、こんな時に不機嫌を隠せない、いつものクセで表情がみるみるくもっていった。

「フンッ…そこが愛の巣ってわけね。それで二人はそれからどうなったの?」

誉子とあの男を二人ともども小バカにしている感じで、先輩の女のコがさらに話の続きをうながした。

「それからどうしたかは、あたしも家に帰ったから知らないわ。でも、こんなことがバレてるってえのに、あのコがスマした顔をして会社に来てるかって思ったらなんかバカみたいで…味野さんも哀れなものね。よりによってあんな女のコを好きになっちゃうなんて」

「あらっ味野さんは味野さんで、他に好《い》い人ができたんじゃないの?」

もう一人のコがのろけるように言った。今日子は一人だけ不興《ふきょう》げな顔をして、みんなの話に耳を傾けていた。…が、鬱勃《うつぼつ》とする心が憎しみに結ばれているのは分かってもその意味を考えることはしない。あの男も誉子も彼女の思いに反して裏切った。その事実は変わらない。今日子が心の底で誉子に嫉妬して、あの男を怨《うら》んでいる事実も変わらない。それを…女を欲しがるのは男という通念に当てはめて、あの男が誉子を誘惑して自分を裏切らせたのだろうと、どうかして短絡《たんらく》した考えを植えこんでしまったために、彼女の心はよけい頑《かたく》なになっていった。

——先輩らと一悶着があって会社から帰宅する途中、誉子は道路の端に車を停めた。県道から外れた夜中の道には、郊外なので通りかかる車もほとんどなかった。

誉子は眼鏡を外すとハンカチで涙を拭った。職場でイヤなことを言われて平気を装ってみても、一人になれば十九の年齢が素顔をのぞかせるのはいたしかたない。その夜は先輩らと激しく口論したので、気分がブレてしまって車の中で取り乱してしまった。ひどく悔しい気がした。誉子はしばらく泣いてから携帯電話の番号を押して児山の所へ電話をかけた。

「もしもし…児山さん？」

「ああっ山野さんか。もう仕事は終ったの？」

「うん…今ねえ…会社から帰ってるとこなの」

「どうしたんだ？　泣いてるんじゃないの？」

「うん、ちょっとね…」

「会社でイジメられたのかい？」

誉子の職場のことは前に聴いていたので、児山もおよその事情は知っていた。

「うん。それでね…児山さんは明日は用事がある？」

「…ボクはべつに用事なんかないよ」児山は自嘲《じちょう》気味に言って笑った。

「明日、できたら会って話したいんだけど、児山さんの都合は好いかしら？」

「ボクは全然かまわないけど…どこで会う？　いつもの図書館で会うことにす

る？」

「あたし、児山さんの部屋へ、朝の九時に寄ることにするわ」

「…分かった。たぶんその頃にはボクも部屋にいると思うけど」

「寝坊しないように…」と、誉子も少しは機嫌が直ったらしく、言葉が笑みを含んでくるように児山には感じられた。

——国道の途中で交差点を左に折れると、高等学校の校舎にそって中央図書館の駐車場まで道路が続いている。誉子は図書館の駐車場にデミオを置いて、児山のいるワンルームマンションまで歩いていった。なんでも、この前まで勤めていた会社に入社した一年前にそこへ引っ越したらしいが、両親も地元に住んでいるはずなのに、児山は家族のことをあまり話したがらなかった。

児山について知りえたのは、およそ元東大生らしからぬ彼の経歴である。児山は県立の進学校を卒業して二浪一留で東大を卒業した後に、東京で公立高校の教師になり、それを三年で退職すると、高収入に誘われて予備校の教師に転職してから、その後は神戸に移り住んで教科書や参考書を扱う会社の営業を二年近く勤めてみた。しかし、結局はそこも上司とトラブッて辞めてしまい、地元に戻ってくると、その今度はまったく経験のなかった設備機械を扱う商事会社に再就職したものの、その会社も入社して一年も経たないうちに任意整理でつぶれてしまい、この秋から失業保険の給付を受けていた。

「東大卒の履歴書を出して、得したことなんか一度もないよ…」と、本音をもらす児山はある意味で苦労人であった。神戸で働いたのは、公立私立の学校や学習塾に教材やテキストを売って歩く堅《かた》そうな会社だったが、たまたま上司に当たった人が、児山の人となりをきらったのか？　出身大学をえらく気にする人だったから、あるいは児山の東大卒の学歴がおもしろくなかったのか？　とにかく営業をして歩く先で話に出ると、児山の陰口を吹聴《ふいちょう》したり、書類の些細《ささい》な誤字を見つけては、取引先の校長の前で彼をののしってみたり、憎まれ口を叩いたりという具合だったので、そんなことをしてみても結局は会社の利益にはマイナスにしかならないのに…と思ってもみたが、その会社にも見切りをつけて故郷へ戻ってきたのである。

高校と予備校で六年も教師をしてその後、同じ教師の仕事に就かなかったのも、最初に勤めた予備校の分裂騒ぎに巻きこまれ、学生の引き抜きを教師にさせたかどで、転職した先の予備校が元の予備校に訴えられた時の経験からつくづくイヤ気がさしたからだと、年下の恋人にそんなことまで白状させられた。児山は元は英語の教師をしていた。誉子はそれらのことを飽きもせず訊ねて、児山の口から聴き出したが、べつにそれでどうということもない顔をしていた。むしろ、そんな話をおもしろがって聴いているふうにさえ見えた。この女のコにとって知りたいものやほしいものは、真実そのものだったので、陰口や噂話みたいな、真実よりも気分で話されるものがたいして興味をひかなかったのも当然のことだった。

——誉子が児山の部屋のインターホンを押したのは、朝の九時きっかりの時刻だった。応答があって室内へ入ると、児山はジャージを着て今起きたみたいな顔をしていた。

「…昨日の晩も、遅くまで翻訳の勉強をしていたんですか?」

「ああっ…三時頃までね」

児山は眠たそうな目をしてそう答えた。児山は東京にいた頃の知人に相談して翻訳関係の仕事をしてみるつもりで、失業期間を利用して翻訳の検定試験を受けるために勉強を続けていた。

「児山さん、今日は外に出られる?」

「えっ…なにか話があるんじゃなかったの?」

「あたしの話ってのは本当はべつにないんだけど…昨日はひどく会社でいじめられたんであんなこと言っちゃったのよ…児山さん、たまには気分転換のつもりでドライブにでも出かけない？　それとも児山さんの勉強の邪魔になるかしら？」

「ボクの方は…まアそれはかまわないけど、山野さんの都合は好いのかい？」

「ええ…あたし、今日はもう会社をサボってるのよ！」

誉子は自宅を出る時に、体調が悪いので休みたいことを会社に伝えてあり、母親には今日は会社の指定休日だとウソをついた。児山は寝ぼけ眼《まなこ》でよく分からん顔をしていた。

——児山は一月《ひとつき》程前にポンコツ車を手放していたので、車は持っていなかった。誉子の車を運転して児山はとりあえず市街地を離れた。誉子は夏場に海水浴場としてにぎわう浜辺のある、海岸線をドライブしたいとせがんだけど、その日の天気はあいにくと二人が出かけた直後から雲が広がって、小高い峠を越えて海岸線に出た頃には小糠雨《こぬかあめ》が降り始めた。雨もよいに沈んだ色をした海を窓にながめて児山は悪くない感じがした。

「…これっていいなァ。ブルーな空にブルーな海にブルーな気分…これにまさるような贅沢《ぜいたく》はないよ」と、死んだ大伯父のじいちゃんも変り者のクセがあったけど、この男もちょっと変人の気味がある。が、助手席にいる誉子の趣味もちょっと天邪鬼《あまのじゃく》で、晴れた日よりも雨の日の情趣《じょうしゅ》が好きな一面があったりして、児山の言葉にさほどの違和感を感じなかった。山野誉子という少女の性格には多少こみいったものがあった。

児山は海岸ぞいを走って、人気のない海浜の近くで車を停めた。誉子はしばらく途絶えていた話をそこでまた始めた。会社のことや来年の受験に関する不安や将来の抱負《ほうふ》や、今日子とのいさかいのことを、誉子はいつものようにとりとめもなく語った。同じ話題を繰り返して話すのは、本人がそのことに確信を持てないことの証拠だといえる。

「最初はあのコを好きになった…」

と、児山の口から…今日子の感想について打ち明けられて気分がちょっと逆立《さかだ》つのを、誉子が抑えられなかったのは事実である。が、最初は…という児山の言葉にウソが感じられないのを知ると、彼女の気分はそれ以上に悪くはならなかった。そのことで彼女が職場でわずらわされていることに関しては、児山は率直に謝罪してみせた。誉子はそんな恋人の態度を見て、今日子のように猜疑心《さいぎしん》や嫉妬の荒ぶる感情を感じはしなかった。この少女にとって、感情とは常に自分の心に結晶する、ある種の感覚に伴うものであり、内面のそうした感覚を動かせる場合においてのみ、経験もすべて感情を揺るがせる意味を持つことができた。逆に言えば、今日子のことを聴いて誉子が平然としていられたのは、そのことで彼女の内面がさほど揺るがされなかったことを意味している。

「…東大を受験した時には、なにかプレッシャーを感じなかったの？」

と、受験勉強にからめて誉子が訊ねた時には、児山は苦笑して遠い昔のことさ…と言っただけで、あまりその話題にふれたがらない様子が、誉子の心にちょっとした疑問符を投げかけた。

二人のおしゃべりが中断したのは、昼をかなり過ぎて、誉子のお腹がグウッ…と音を出して鳴ったからで、誉子は恥ずかしくなりキマリが悪くて…たちまち顔が赤くなったけど、児山はそんなことを気にするふうもなく、フッと微笑むと彼女に食事を訊ねてやった。

「どこかで昼にしよう？　…山野さんはドライブに出てからしゃべり続けてるよ」

「えっ？」と誉子は顔を上げて、児山のそう言った顔を窺《うかが》ってみたけど、児山と交《か》わされるやり取りの中で、彼女の本心から…この男に対して愛情が芽生えたのは、実はこの時が初めてだったかもしれない。それは後になってから分かった。

児山は海の見えるレストランで誉子と遅い昼食を取った。そして、誉子はしばらくその店で時間を過ごして景色をながめているうちに、その辺を散歩したいと児山に言いだした。雨はすでにやんでいて、沖合を航行する船舶の薄黒い影が白く靄《もや》が懸《か》かった海にぼんやりと映ってみえた。夏場は海水浴でにぎわう渚《なぎさ》もオフの平日とあって、釣り客や観光客の姿はどこにも見えなかった。誉子はさっきと違ってあまりしゃべらずにいたし、児山も無言でいた。二人は海岸通りから離れて、夏場に海の家として使われる木造の建物の所まで歩いていって、そこに腰を下ろして海をながめていた。砂浜には日よけのテントの赤錆《あかさ》びた骨組みが、訪れる人もない雨空の下で冷たくなった風に吹かれるままになっていた。寒々とした景色の中で二人は寄りそうと、誉子はそこで児山と初めてキスを交わしていた。

六

——日の暮れた駐車場で児山が手を振ってやると、道路への出口で一旦停車した車内の暗がりから、誉子がこちらに手を振るのが見えた。誉子の乗ったデミオが出てゆくと、駐車場のそこには雑草のわずかな茂みで小さく鳴いている虫の音と、少しうらぶれたような空気が忍び寄る夜気《やき》に伴って、児山の心をひどく虚《むな》しい気分に変えた。図書館は閉館時間を延長しているので、今から行っても一時間くらいは本を読めるはずだが…どうもその日は、一日ズルけてしまったからそんな気にもなれなかった。

児山は駐車場を出ると、自宅のマンションに帰るつもりで歩きだした。高校の校舎にはまだ補習授業でもやっているのだろうか？　二階の教室から皓々《こうこう》と明かりが見えていた。自分もこんなふうに夜中まで受験勉強していた時分があったな…と、そんなことを考えだすと、児山はまた寒々しい気持に襲われた。どうもよくはないが…しかし一体なにがまずかったのか？　…なんともやるせない気持がしてならなかった。最近はそれが前よりもひどくなった気がする。…なにもかもまずかったんだ！　と捨てばちな気分になることも、最近は珍しくもなくなった。いかんいかん、オレはなにを考えてるんだろう…そう思った途端に、派手なクラクションを鳴らして、白塗りの改造車が急ブレーキを踏んで彼の前に停まっていた。

「こらアっ！　おっさん、どこを見て歩いてんだよっ！」

長髪を染めた目つきのキツイ、若い男が助手席から顔を出して児山に毒づいた。

「なんとか言えよっ！　おっさんよっ！」

…気がついてみれば、国道との交差点まで児山は歩いていた。つまらないことを考えていたから赤信号も気づかずに横断歩道を渡りかけたのだ。児山はちょっと頭を下げて足早にそこを立ち去った。さっきの男が追いかけてくるかと思って好《い》い心地はしなかったけれど、どうやら連中は行ってしまったらしい。ああいう手合が追いかけてきたら自分はどうなっていたろう？　もみあいにでもなったら袋叩きにされるのがオチだ。児山は腕っぷしの立つ男ではない。そうなれば殴られ蹴られしているのを、警察に通報されるのでも待つか？　そんなことを考えてまたバカバカしくなる。交差点を渡るつもりでいたのに、そのまま歩道を歩き続けた。そして、コーヒーでも飲んで気を静めようと思い、国道ぞいのとある喫茶店へ入っていった。あまり広くない店内の空いた席に座って児山はコーヒーを注文した。そして、のんびり煙草をくゆらしながら窓の外をながめた。車のライトがひっきりなしに行き来している。単調な光の刺激を繰り返し見ていても、けだるい気分は少しも晴れてこなかった。最近はずっとそんな感じだ…と思いかけて、いやもっと前からそうだったかな？　と考えれば、よけいに気がめいってくる。まるで憂鬱の連鎖である。思い出とか記憶というものは、児山の場合はピンぼけ写真のようになっている。少年時代の彼はさほど優等生ではなかった。両親は子供の彼をキラッた。それが中学の時分に同級生の女のコにフラれたのがきっかけで、やたらと勉強をするようになった。テストをするたびに学年の順位を上げてゆくのだから、学校の教師も両親もその猛勉強に驚いていた。中学生の児山にとってなにより誇らしかったのは、自分をフった女のコが見直してくれたことだが、人を見直すのと好きになるのはまた別の話である。そして、児山は県立の進学校に進んだ。児山はそこでも同じことをやった。つまりガリ勉を続けた。高校三年の夏になって、担当の教師に東大はちょっとむずかしいから私大も受験しろと勧められたのも無視した。案の定、その春の入試は失敗した。東大に入れたのはそれから二年後のことだ。かなり高望みだったので、大学に入ってからが大変だった。秀才は全国から集まっている。受験で燃えつきもせずにしばらく猛勉強を続けられたのは、白いものをクロだと言いはる強迫感と偏《へん》執狂《しっきょう》のおかげだ。そんなものはいずれ破綻《はたん》する。食事をするのも惜しい気がして、やがて食べられなくなり、講義をしばらく欠席して下宿にいると今度は食べるのがとまらなくなった。下宿の学生が両親に連絡してくれて、医者は彼を神経症と診断した。なんのことはない、地方の高校の優等生も東大生になったら、ただの一学生になる。…それがいやで、心身に変調をきたすまで児山は勉強に打ちこんだわけである。しかし、その結果は…とうとう鬱病の診断をされて、大学も一年間は休学するしかなかった。この頃のことは児山の記憶をもつれさせてしまう。病的な猛勉強に上昇志向らしきものはない。あれば病気が昂進《こうしん》するだけだ。なにか野心みたいなものが彼にあったとすれば、高校の教師を辞めて予備校の講師に転職した時のことだが、それも給料の遅配が続いて裁判所ざたにまでなり、ものの見事に消えてしまった。もう三十歳を過ぎていた。

…シャレみたいな人生を振り返って、どうでも好い気がしてくるのを児山はかろうじて抑えることができた。

——それから一週間、児山は図書館に行かずに部屋で勉強を続けた。自室にこもりきりで勉強するのは気もめいるが、図書館でも行儀のよくない子供が走りまわったり、学生や高校生のおしゃべりがとまらなかったりするから、静かに勉強するには自宅も悪くないと思っていたところへ、誉子から電話があったのは月も半ばを過ぎた夜中のことである。

「…もしもし児山さん。今日はどうしていたの？　図書館には来てなかったでしょう。あたしね、木曜日も会社が休みだったから、あそこでずうっと受験勉強をしてたのよ」

「子供のうるさいのが耳ざわりなんで、しばらく自分の部屋で勉強してたんだ」

「そうっ…よかった。あたし、児山さんがどうかしたんじゃないかって心配してたのよ。でも、もしかして勉強の邪魔をしたら悪いなって思ったから、電話も気軽にかけられなくって」

「べつにかまやしないよ…」

「本当っ？　なら今週の金曜日が休みだから、児山さんのとこへまた遊びに行ってもいいかしら？」

「いいよ。何時頃にする？」

「…あたしの勉強が終ってから、夕方に行くことにするわ」

話はその時にしようと…誉子はそれだけ言ってプッツリと電話を切ってしまった。

この前にキスしたばかりの、この山野誉子という少女について、児山は正直なところ未だによく分かっていなかった。図書館で勉強したり静かに読書をしてる時などはおとなしく見えるし、年齢に合わない…しとやかさと呼んでも好い雰囲気さえあるのに、一旦なにかを始めると、なんかもうバタバタと駆けぬけていくような、せわしない印象がする。一風変わった女のコで、教師をしていた頃もこういう極北《きょくほく》にあるようなタイプにはお目にかかったことがない。ちょっと変わり種の女のコなんだろう？　と思って、児山は苦笑いをしていた。

——三日目の夕方に誉子は約束通りやってきて、児山の部屋で二人はしばらくおしゃべりを楽しんだ。昼間は自室にこもりきりで翻訳をしていたので、なんら気の置けない誉子とのおしゃべりはなにかと憂鬱になりがちな児山の心を、乾いた大地に降りかかるスコールのように潤わせてくれるものに思えた。

「翻訳の検定とか技能審査って、そんなにむずかしい試験なの？」

「等級にもよるさ…ここ二年くらい勉強してないけど、もう三十歳を過ぎてるから、なにかできなければ仕事も見つからないし。こんな時でないとゆっくり勉強もできないしね…」

「これから児山さんはどうするの？　外国の小説や本の翻訳家になるの！」

「…そんなツテはないよ。東京の知り合いに訊ねたら、ああいう仕事を始めるにはポッと出の人間では厳しいらしいんだ。ボクは翻訳家になるつもりで外国語を勉強したこともないしね」

「ふうん…」

「だから、どこかの翻訳会社に勤めようかって考えてるところさ…」

それから、誉子はしゃべるうちになんとなくソワソワした感じになり、恋愛談義へ話の矛先《ほこさき》を変えてきた。察するところ、彼女には初めからそんなつもりがあったらしい。性急《せいきゅう》な好奇心を見せて、根掘り葉掘り児山のウィタ・セクスアリスを聴きたがった。

「本当に恋人はいないの?」

「いやしないよ…」

「…Hなんかはどうしてるの?」ニヤニヤしながらそんなことまで訊ねてくる。

「山野さんの想像に任せるよ…」

児山の方も苦笑するとそれが合図になったようだった。蓼食《たでく》う虫も好き好きである。机の蛍光灯を点けただけの薄暗い部屋で、誉子は話が途切れると、児山と軽くキスを交わして、二人は何度か抱擁《ほうよう》を繰り返した。シャツのボタンを児山に外されるのも彼女は平気だった。ブラを外されて小ぶりな乳房が露《あらわ》になると、床に脚を伸ばした児山の体へ馬乗りになってまたがってみた。どうやら誉子はかなり夢中になっているらしかった。が、児山の方は…こんな若いコを部屋に引っぱりこんでオレはなにをしてるんだろう…という具合に、どこか冷めた考えが頭について離れなかった。そして、愛撫《あいぶ》を受けている誉子の口から切なげな声がもれかかると、誉子の白い体を這《は》う手の動きをとめて、彼女の興奮を制してやった。

「…声を上げないで。この部屋は安普請《やすぶしん》だから、隣の物音は筒ぬけなんだ」

「小さい声で、アンアンって声が出ちゃうのもダメなの?」

「隣に全部聴こえるよ…」

二人はからめた腕を放し、誉子はクスクスと笑いながら児山の胸に頭をのせて横になった。なにか考えごとをすると眉間《みけん》に薄いシワのよる、児山のやさしげな表情を見て、誉子はなぜかなぐさめられる気分を感じていた。児山はといえば、柔和な素地に理知や情意や憂愁《ゆうしゅう》やらがないまぜになった、なんとも名状《めいじょう》しがたい視線を、隣室のテレビや街中の雑然とした物音が飛びかう部屋の虚空《こくう》にボンヤリと投げていた。

——…山野誉子の両親は去年の秋に別居して、それは今でも続いている。父親は家を出ていった。誉子はもとの家に母親と住んでいる。父と母が復縁することはもうないだろう。両親は自分らの不和を娘に知られないよう、仮面夫婦を演じていたが、十七歳の誉子は前から両親の仲が冷めきっているのを知っていた。母親の口から別居することを知らされたのは、大伯父の四十九日が済んで間もない、去年の十月のことだった。誉子の大伯父が亡くなったのはその少し前で、去年の夏の終りのことだ。死因は心筋梗塞だった。縁側の戸を開けた八畳の書斎で倒れている大伯父を見つけたのは、誰あろうか、大伯父の家へ遊びにいった誉子本人である。死後二時間程経過していたが、大伯父はまだ生きているように誉子には見えた。

その大伯父という人は、東京で長いことひとりで暮らしていたのを、誉子の両親の勧めもあり、三年前にこの地へ引っ越してきた。戦前の旧東京帝国大学文学部に入学して、戦後は大学院の博士課程で学んでいたが、なぜか突然に大学を辞めて実家から勘当《かんどう》されてしまい、その後は小説を書いたり、翻訳家や非常勤講師の仕事をしたこともあったらしい。郊外にあった大伯父の古い借家に、昔の仕事仲間と称《しょう》する老人が訪ねてきたのも、高校生の誉子は見かけたことがある。いずれにしても、大伯父という人がそんな仕事をしていたのは、誉子が生まれる前のとうの昔のことだ。

大伯父の死を境にして、誉子の生活はムキ出しの現実がさらけだされた感があった。そもそも進学希望だったのをあきらめたのも、その頃に知り合った、たいして好きでもない男のコから求められるままに処女を失ったのも、去年の秋のことである。彼女はこの男子高生の後に、地元の国立大に通う大学生ともつきあってみたけれど、結局はうまくいかなかった。彼らのほしかったのは、気楽な生活やおもしろおかしい遊びや女のコとセックスすることで、誉子の心は遊びやセックスで癒《いや》されることは少しもなかった。

——それから二、三日して児山が図書館へ出かけてみると、誉子は閲覧席で勉強していた。その日は二人で勉強して、夕方にコーヒーを飲んで別れた。自室にこもって勉強するのにイヤ気がさした児山は、翌日も図書館へ出かけた。するとまた、昨日と同じ席で誉子が勉強しているのを見つけた。

「…仕事はどうしたの?」

「今日は有給休暇をとって来たのよ」

しかし、誉子が会社を休んで、図書館で勉強するのはそのままズルズルと続いて、最初はそれを気にもとめないでいた児山も、欠勤が一週間を過ぎて十日以上になると、図書館で会った時に、そのことについて誉子に水を向けないではいられなかった。

「この頃ずっと会社を休んでるけど、退職するまでもう行かないつもりかい?」

「…明後日が最後の出勤日になるから、最後の日くらいは出てみるつもりでいるけど、一日中ネチネチといじめられるのはもうごめんだわ! そんな過ぎたことよりも、あたしはこれからのことを考えたいもん。そんなことで悩んだりするよりは、成功第一主義のつもりで勉強している方がよっぽどマシだもの!」

「まアそれはそうかもしれないけど…最後の日は会社へ出るのが好いだろうね」

と、児山はこんな時に誉子にどう言ってやれば好いのか? よく分からなかった。

「でも、たまには息ぬきも必要ね?」

「………?」

と、児山はそう言ってニッコリと笑う誉子の顔を見て、ハハアん…とすぐに息ぬきの意味を理解した。児山という男はこんな場面で説教を始めるほどヤボではないが、かといって、鼻の下を伸ばして飛びつくほどガツガツもしていない。生活のことを考えなければならない普通の人なら、真っ昼間からおいそれと狼男にはなれないことだってある。

しかし、児山の少しばかり灰色のかった心持には、日々のやるせなさや過ぎ去ったことへのイラ立たしさが澱《おり》のように沈んでいて、その鬱屈が彼の性欲や怒りや好奇心を駆りたてるようにして、目の前にいる、この最近になって妙に気になりだした、山野誉子という女のコに熱い視線を向けさせた。眼鏡をかけた誉子の愛くるしいまなざしも児山の表情をジッと見ていた。すると、一瞬児山の心にためらいが生じたけれど、そんなものも振りはらうようにして、児山は図書館の前を通る歩道を踵《きびす》を返してサッサと歩き始めた。

「二人きりになれる所へ行こう…」

誉子は児山の後について、街路樹の落葉が目立つ歩道を一緒に歩いていった。

――児山と誉子の二人は、中央図書館から1㎞程離れた場所にある一軒のラブホテルの中へ入っていった。ホテルの部屋に入ると、二人はソファーに座ってとりとめのない話をしていたが、会話がフと途切れて、誉子は眼鏡を外すとおもむろに児山へ体を与《あず》けていった。児山に力なく抱きすくめられたまま、どのくらいの間そうしていたろうか？　目をつむった誉子の心の中で、時間は夢心地に過ぎていった。大好きよ…と、児山に抱きしめられた身体《からだ》全部でその気持を彼女は表現しているつもりだった。けれど、期待に反して児山にはそれ以上を求めてくる気配が感じられなかった。些《いささ》かジレてしまい、誉子は自分から誘って児山に唇を重ねてみた。児山はそれでようやく我にかえったのか？　誉子の着ているものを脱がせて、また彼女の体を抱きしめてみた。だが、どうかして児山の気持はなえるらしく、誉子の胸にはまた不安がかすめた。誉子はそれでも児山の歓心を誘って、二人の心を一つにしようと彼をあおってみたけれど、児山の熱は相変らず弱々しいもので、ついに誉子の思う通りにはならなかった。

「児山さん…どうしたの?」

「…なんでもないよ。その気にならないから今日はもうやめよう」

誉子はなにも言わずに児山の真意を目で訊ねた。しかし、どこか愁《うれ》いを含んだ児山の表情には、自分の胸にすべておさめてしまおうとする、あきらめのようなものが見てとれた。誉子にはそれが無性に悲しい感じがして、なにかを失うようでまたつらくもあった。

「児山さんの心にあるものをあたしに教えて! あたし…ここで聴いているから」

児山の横顔はその時にちょっと皮肉な笑みを浮かべた。誉子の純真を嗤《わら》うのでなく、自分という人間を嗤うしかない様子に見えた。誉子はそんな児山に対して繰り返し訴えた。

「…あたしに教えてちょうだい。児山さんの心にある秘密を正直に言ってみてよ」

「ボクの秘密だって?」

「そうよ！　児山さんがひとりでしまっておかなければならない秘密よ…」

「…ボクに大それた秘密はないよ。あるとすれば、大学にいた頃に鬱病で半年くらい入院したことかな。まったく…東大卒も鬱病もネガティブにしか見られないからなア…」

児山は、また寂しげに微笑した。

「…児山さんは病気になったことで、自殺なんかしようとしたことがあるの？」

「いいや…ないよ。若い頃に医者から聴いたことだけど、病気に罹《かか》って本当に自殺する患者はもっと病状の重い、躁鬱病みたいな人がすることが多いらしいよ。鬱の状態が治りかけて自殺する元気も出てくるってことなのかな？　たしかドイツの学者でクラウスって人が本に書いてたけど…鬱病患者は過去の経験とか既成の役割にこだわりすぎて、未来へ自分を投企《とうき》するだけの柔軟性を失ってしまうらしいんだ。だけどボク自身は自分になんのこだわるような過去があるのかなって、自分をそんなふうに思ってるんだけどね…ハハハハ」

児山は自嘲気味に嗤った。しかし、誉子は恋人を自分をも嗤ってはいなかった。

「…児山さん。あたしね、自殺しようとしたことがあるのよ」

誉子は今まで胸をふさいでいたことを、思いあまったように口走った。児山は、その言葉に気圧された感じがして、思わず誉子の真剣な表情を振り返っていた。

「山野さんが…自殺を？」

「そうなの。それも二度も自殺しようとしたのよ。結局は自殺未遂に終ったけどね。最初は中三の時で、あたし、中学校の頃はかなり成績が良かったの。そうしたら、クラスの成績の良くないコにねたまれちゃっていじめられたのよ。それで悩んで、成績がどんどん悪くなって…学校の先生は、あたしがいつも学年で上位だったのに、テストのたびに成績が下がるから心配してくれたけど、先生が心配してくれるのはあたしのことでなくて、結局はあたしの成績のことなのね。でも、それも仕方のないことだと思うわ。たった一人であんなに生意気で勝手な子供たちを、何十人も面倒を見ないといけないんだから。仲間外れにされた変わったコの一人や二人をいちいち気になんかしていられないんでしょう。あたしの成績の下がるのが勉強しないんでなくて、テストで良い成績をとったらいじめられるんで…それがイヤで、わざとテストに正解を書かないんだってことなんか分かるはずがないわ。でね、あたし、フロ場で自分の手首をカミソリで切ったのよ。今から思えば、それはためらい傷みたいなものだったけど…あたし、今でも赤い血が湯槽《ゆぶね》の中で細くたなびいて流れていくのを憶えているわ。初潮の時みたいだった。あたしは初めて生理があったのもおふろに入っている時だったから、すごく恐くなって、パニックになっちゃって…脱衣所で血だらけの格好で服を着替えているのを、両親に見つかって病院へ連れていかれたのよ。お父さんやお母さんはそれは心配してくれたけど…あたしね、親には学校のことを打ち明けられなかった。だって格好が悪いんだもん。いじめみたいな理不尽なメにあって、泣き寝入りして自殺しようとしたなんて言うのを、絶対にプライドが許せなかったの。成績の悪いコはねたむし、成績の良いコは、あたしがいじめられてとばっちりがきそうなら途端に知らん顔をするし。…本当に学校なんてロクなもんじゃないって思ったわ。で、その時は両親が学校に事情を説明して、クラスにはあたしが手術を受けるために、遠くの病院に入院したってことにして、東京にいた大伯父のじいちゃんの家にしばらく預《あず》かってもらったのよ。…もちろん、東京ではアリバイで大学病院にも通ったわよ。児山さんと同じ精神科か神経科の診察を受けて、でも、あたしは病院でもらう薬なんか服《の》まずに、全部捨てちゃってたけどね。本当は学校でヤな奴と顔を合わさずに、一人になってゆっくりと勉強したかったの。それで一ヵ月の予定を仮病《けびょう》を装って二ヵ月にのばして、高校の入試がある頃にこっちへ戻ってきて、高校は見事合格よ！」

「フフ…山野さんは作戦家だ。賢《かしこ》いね」

児山の表情にようやく自然な笑みが戻ってきて、誉子はすごくうれしくなった。

「それで二度目の自殺未遂のことだけど…これは去年の秋のことであたしが高三の時ね」

誉子の顔にちょっとためらう色が見えたので、児山は話の先を急《せ》かさなかった。

「…去年の夏の終りに、あたしの大好きな大伯父のじいちゃんが死んじゃったの。それから両親が別居するって言うし、幼なじみの近所のコがちょっと知恵の遅れているコだったけど、事件を起しちゃって遠くの親戚にひきとられていなくなっちゃったし。大伯父のじいちゃんが死んでから、あたしの周囲で家族もなにもかも崩れていくみたいな感じがして…それであたしも混乱してヤケになってたのよ。それで…街を歩いてる時にナンパしてきたコや、つきあってた大学生の言いなりになっちゃって…それで」

「…話してみてつらいのなら、そんなことまで言わなくても好いんだ」

児山は静かに言ってやったが、誉子はポロポロと涙をこぼしながら話し続けた。

「…あたし、今度は入水《じゅすい》自殺するつもりで川へ飛びこんだの…鉄橋を越えて量水塔のある所で、あの辺は道路から離れてるし、河原に草が茂ってて人目につきにくいでしょう。それで夕方に出かけていって、あたし恐かったけど…フラフラしててなんか熱に浮かされるみたいな感じで、思いきって川の深みにある緑の濃い淵《ふち》へ飛びこんだの…でも、あたしは死ねなかった。岸から飛びこんだ瞬間に正気に返っちゃって、アッと思ったらもう川の中に体が落ちてた。水は冷たいし、服を着てるから、もがけばもがいているだけ川底へ引っぱりこまれるみたいで…思い出してもゾッとするわ。あたし、溺《おぼ》れながらスローモーションの映像を観てるみたいに、川底の様子をはっきり見てとったの。岸辺から石混りの砂底が続いてて、水の中をフナやコイの魚が何匹か泳いでるのまで見えたけど…その先は濃い緑色があるだけでなにも見えなかったわ。恐かった…本当に恐かった！　でも、川底はあたしの足の届かないずっと下にあるし、あたし、それで自分は今溺れてるんだって気づいて…助けてって思ったの。必死で思ったわ。でもね…人が溺れ死のうって時に助けてくれるものなんかどこにもいないのよ。その川で死んだ人の霊が呼んでるなんてこともなかったわ。そこにあるのはのんびりと泳いでいる魚や石のゴロゴロした川底と、ただ深い緑が見えるだけなの…」

誉子は溺れた時の苦しさを思い出すかのように、そこで深く息を吐いた。

「児山さん…人間なんて死ねない時はみじめなものよね。あたしね、以前になにかの小説かエッセーで、阿蘇山の火口から身投げして死ねない人の話を読んだことがあるけど、火口の中から死にそこねて這《は》い登ってくる人は、服は破れて血を流して大ケガをしていても、みんなただ生きるために、今さっき身を投げたばかりの火口へ、亡者さながらの姿になって這い登ってきたんだって。でもそれはあの時のあたしと一緒なのよ…あたし、川の水をいっぱい呑《の》んで気が遠くなりながら必死で叫んだの。命を粗末にしてごめんなさい！　でも…あたしは死にたくない！　もっと生きていたい…！　大伯父のじいちゃん、あたしを助けてって。そうしたら足下がなにか固いものに触れて、砂の上を踏んでいるのを感じて、あたしは浅瀬に流れついて助かってたの。岸へ這《は》っていったらゲエゲエ吐いちゃって、服はズブ濡れだし、涙と鼻水がとまらなかったし、体の震えもとまらなかった。でもね、あたしは生きてるってことが、こんなにスゴイことなんだってその時に初めて分かった気がした。それまでは自分が生きてることが、こんなに幸福ですばらしいものだってことをうっかり忘れてたのよ…」

誉子はまだ泣いていた。児山は彼女の涙を見て…キレイだと思った。

「…それはきっと、山野さんの大伯父さんが守ってくれたんじゃないかな」

「うん…」

「…もう自殺なんてしたらいけない。せっかく助かった命なんだから」

「だから…児山さんも自分のことをそんなに粗末に思わないで…愛している人がいてくれることは、それだけで幸福ですばらしいことなんだから…」

「…ありがとう」

児山はその時になって、山野誉子という女性を初めて見る思いがした。たしかに自分は今…この一人の女を愛し始めていると強く感じながら…。

児山の目顔にいつもの悠揚迫《ゆうようせま》らぬものが戻るのを見て、誉子もようやく胸をなでおろした。二人はぐったりとベッドに横になってしばらくそのままにしていた。

「…今日はHはしないの?」

「ああ…それよりも今はこうやっていたい気がする」

「あたしも児山さんとこうしていたいわ…」

七

――奥手今日子は喫茶店の窓越しに、児山と誉子の二人が図書館から歩いて入っていったラブホテルの入口を、さっきからジイッとにらんでいた。同じテーブルには、児山のマンションへ誉子が入ってゆくのを目撃して職場で言いふらした女のコが座っている。この二人はその日は公休日でウィンドーショッピングを楽しむつもりでいたのが、児山と誉子のことが話題にのぼり、好奇心に駆られてわざわざ図書館まで出かけていったところが、そこでラブホテルへ足を運んでいる二人に出くわしたので、そのまま気づかれぬように後ろを尾《つ》けてきていた。

「どう？　あたしの言ってたことは本当だったでしょう」女のコはしたり顔をして言った。

今日子は表情一つ変えることなく、友人の問いかけも耳に入らぬ感じでホテルの方を見ていた。

「あの二人って本当に大胆よねえ…朝から平気でホテルに入っていくなんて…こんなことしてるなんて信じられる？」

「…………」

と、女のコはなんの反応もない今日子を見すかして、少しカマをかけてきた。

「ねえ、ひょっとしたら…今日子はまだあの男に未練があるんじゃないの？」

「あたしがあの人に…いいえ！　そんなこと絶対にあるわけがないでしょう」

「でもあなたを見ていたら、なんか怨《うら》めしくて仕方ないって顔してるじゃないの」

「あたしの顔の、どこがそんなにあさましく見えるのよ！」

今日子は思わず声を荒げた。相手の女のコはその剣幕に驚き顔をして周囲を見まわした。

「…あたしはね、山野さんが誰とつきあおうと、そんなことはべつに気にしないつもりよ。でも、あたしは山野さんと以前は友達だったでしょう。だからこそ、山野さんがあんな男に見す見すだまされて、こんなことになってるのが我慢ならない気がするのよ」

「ううん…」と、今日子の友達もその辺は同感するところがあった。

「よく考えたら分かるでしょう？　あの男が店に来るようになって、最初はあたしにつきまとったのがダメだったんで、次は先輩と噂になったかと思えば、今度は山野さんと噂になって、挙句の果てに彼女は会社に辞表を出すし、昼間からあの人にホテルへ連れこまれてるんだから。そんなことをする男がうさんくさい人間だって、あんたは全然思わないの？」

「もちろんあたしだってそう思うわよ。本当にそうね…しらばくれた顔をして買物に来てるふりなんかして、実は女の尻を追いかけに来てたのよね、あの男って…」

女のコは眉をしかめて気分の悪そうな顔をした。

「あたしは、あんな男を許せない！　絶対に許さないわ！　女心をいったいなんだと思ってるのかしら。いつか思いしらせてやりたい…あんな男の言いなりになって山野さんもバカよ」

今日子の激しい言葉をお友達の女のコは文字通りに、男の身持《みもち》の悪さをあげつらうのと、三人の女のコをたぶらかしたことを怒っているものと受けとった。今日子はただ自分の感情にのみ動かされていたし、相手の女のコにしても好奇心と興味本位だけで、児山と誉子の二人をながめていた。否、彼女たちだけではない。世間にはおよそこういう人たちがワンサカと溢れかえっているものだ。

——誉子が、あの男とラブホテルに入るのを見たという話は、翌日には今日子の口から職場に知られるところとなった。会社の上司もその頃になると、誉子に関する噂を聴き知っていたから、本人の辞表も出ていることだし、病気を理由に欠勤が続いてもあえてそれを咎《とが》めるつもりはなかった。

ただ、年季《ねんき》のいったパートのおばさんたちの中には、誉子に対してまだ同情するムキもあった。

「それはねえ…きっと山野さんと今つきあっている、相手の男が悪いからなんだよ。女っていうのは好きでいる男の言うことに自分を合わせて、性格なんかも似てしまうもんだからねえ…」

亭主と別れて女手一つで二人の子供を育ててきた、おばさんのそんな言い分には、たしかに一面の真実が含まれていた。けれど、軽はずみなのが誉子であるにせよあの男が悪いにせよ、今日子には実のところ、そんなことはどっちでも好かったのだ。彼女は要するに、みんなの非難が誉子と児山の二人に向けられるのならそれで満足することができた。

そして、誉子は明日も会社に出てこないものと、今日子がてっきりそう思っていたところへ、十一月最後の会社を辞めるその日の朝になって、誉子は定時の時間になって出勤してきた。

——今日子は売場で開店の準備をしているときに、誉子が出勤してきたことを他の女のコから知らされてちょっとイヤな顔をした。なにしろ、誉子が児山とホテルに入ったという目撃談をみんなにバラしたのは自分なのだから、あまり好い気がするはずはなかった。誉子は事務所に寄って欠勤を続けたことを上司に詫《わ》びると、健康保険証などを担当者に返して、以前と同じように仕事に入り開店時間には売場のレジに立った。今日子は後ろのレジにいる誉子の視線を感じるようで、その日はなんとなく居心地が良くなかった。不意に後ろを振り返ってみると、誉子は彼女がいることを気にすることもなく淡々と仕事をこなしている。何度かそんなことがあって今日子は次第にシャクな気分になっていた。普通ならこんな相手は避けるところだ。しかし、内心忸怩《ないしんじくじ》たる気持でいるから、今日子はこの期《ご》におよんでも誉子にかまわずにはいられなかったらしい。午後の遅くに誉子が一人で休憩に行くと、今日子もその後から休憩室へ入っていった。カップラーメンと調理パンで昼食をとっている誉子の前までツカツカと歩いてゆくと、今日子はスマした顔をして彼女に訊ねてみた。

「…この席に座って好いかしら？」

「どうぞ…」

と、誉子は返事を返したものの、今日子が弁当を食べ始めても、自分の方から親しく話しかけることはなかった。それでジリジリして、先にキレてしまったのは今日子の方だった。

「ずっと仕事を休んでどうしていたの？　みんながいろんなことを言ってたのよ」

「へえ…どんなことを？」

「会社を休んで、男の人と遊び歩いてるって…」

「ふうん…」歯牙《しが》にもかけない誉子の態度を、今日子はよけいシャクに感じた。

「…その人って以前に店によく来てた、あの男の人なんでしょう？」

「そうよ」と、誉子がいくらか開き直って言うと、今日子は見る見る色をなした。

「あの人とホテルに入りびたりだって、あなたはそんなふうに言われてるわ」

「いいじゃないの…事実なんだから。あたしのことはもう放っといてよ」

今度は誉子の方が不快感を露骨に示してそう言い放った。これで今日子は完全にキレてしまった。実は、今日子が休憩室でわざわざ誉子に話しかけたのも、あの男とつきあうことの不利について諄々《じゅんじゅん》と説いてやろうとする考えがあってのことだが、お友達らと語らって高慢でいる今日子の魂胆を、誉子はなにもかも見すかしていた。これ以上なにを言ってもムダなことが分かると、今日子のもの言いは急に冷静さを欠いてしまった。そして、休憩室で二人の女のコの激しいののしり合いが始まった。

「まあっなんてことを言うの…だからあんたは他人にキラわれるのよ！」

「あたしは、奥手さんみたいに奥ゆかしい女じゃないんだもの…自己中《じこちゅう》な女なんだから、こうなっても仕方がないわ…」と、誉子は席から立って言った。

「あんな男の口車にのって会社まで辞めるなんて、あんたはバカなのよ！　あの男は浮気性で次々と女に目うつりするみたいだから、あんたみたいな女は最後はもてあそばれて捨てられるのがオチだわ」

「あらっ児山さんってスッゴクやさしい人なのよ…知的な人だし、あたしはああいうタイプの人が大好きなの」

「コ・ヤ・マ…？」

「そうよ。あなたがいつもあの男、あの男って呼んでた人の名前…児山祥一郎さんっていうのよ」

「………！！！」

今日子は怒りに我を忘れていた。誉子の顔には余裕が見えた。

「ああっ…ロミオ、ロミオ！　なぜロミオでいるの…あなたは？」

誉子が芝居のかかった調子でしゃべるのを、今日子はわけが分からずにキョトンとした表情で見ていた。

「あっははは…なにを言ってるのよ。あなたはまるでバカみたいに見えるわ！」

今日子はもはや怒りを隠すこともせずに、恥も外聞《がいぶん》もなく悪態を吐いていた。

「あたしって本当にバカかもしれないけど…これは児山さんの部屋でこないだ借りた『ロミオとジュリエット』にあった一節《いっせつ》なのよ。ごめんなさいね…」

「ええっバカよ…バカよ！　いくら賢《かしこ》ぶったって、あんたって本当に大バカで愚《おろ》かな女なのよ！」

「ええっあたしって愚かよ…でないと本物の恋はできないもの。恋っていうのはひどく分別くさい狂気なのよ、そんなことは知らなかった？　我とみずから狂気に落ちるのは、愚かでないとできっこないのよ。それとも奥手さんはずいぶんと賢い人だから本物の恋はしないのね。おほほほ…」

今日子は…キィ！　と甲高い声を上げるや、だしぬけに誉子へつかみかかった。

すると、誉子の方も負けじとばかりに今日子の髪や制服をひっつかんで、二人は椅子を引っくり返しながらもつれ合った。と、そこへ騒ぎを聴きつけてパートのおばさんや社員の女のコらが部屋に入ってきて、休憩室の中は大騒ぎになった。ガチャン、ガチャンと椅子が跳ねまわるわ、給食弁当のカゴが落ちて、辺りに残飯が散乱するわ、今日子のお尻にはじかれたテーブルが壁のボードをへこませるわ、休憩室はムチャクチャである。髪の毛とブラウスをつかみ、めったやたらと今日子が引きずりまわわせば、誉子の方は今日子の顔に平手打ちをくれてやった。二人は真っ赤な顔をして半分ベソをかきながら、とっくみ合いを続けた。

「こらあ！　おまえら二人っ、こんな所でなにをやってるんだ！」

と、学校の先生よろしく喧嘩に割って入ったのは、売場の課長である。女だらけの休憩室は、わめき声やはやし声や口笛やらに溢れかえり、まるで収拾がつかなくなっていた。

「とっとと出ていきなさいよ！　あんたは今日かぎりで会社を辞めるんでしょう！」

ヒステリックにわめきちらす今日子や先輩らを尻目に、誉子は早退して好いかどうか課長に訊ねた。ゴマ塩頭の課長さんは疲れきった顔をして、それを許可した。が、好奇心丸出しで休憩室に集まった女のコの面々は、なおも気持がおさまらないのか、休憩室から出ていこうとする誉子の背中へ「ヤラレちゃうんだ！」と黄色い声のひやかしを浴びせて、みんなでケラケラと笑っていた。誉子は制服も着替えずに、更衣室のロッカーから自分のジャンパーとジーパンを持ち出すと、店の外へ一目散に走り出た。穏やかな初冬の日を浴びるとなにやらホッとする気がした。駐車場を一人でトボトボと歩いていると、買物客の視線はいっせいに彼女へ注がれた。なにしろ、今日子と争った際に引っぱられた髪の毛は逆立っているし、ブラウスの襟《えり》と袖《そで》は破れているし、左のブラジャーの肩ひもは外れかけているし…とまアさんざんな格好をしていたのである。するとそこへ後ろから聴きおぼえのある声が聴こえてきた。

「タカコ…」振りむくと、そこに児山が立っていた。

「祥一郎さん!」

「なんて格好してんだ?」

「今さっき、お店の休憩室で大立ちまわりをしてきたところなのよ」

「誰と? まさか…」

「やだア…男の人じゃないわよ。相手はね、祥一郎さんがこのお店で最初に好きになった女のコ…奥手今日子ちゃん。だからあたし、奥手さんと決闘してここでケリをつけてやろうと思ったの。でも奥手さんのオッパイってスゴイのよ。女のあたしでも実際にこの手でつかんでみて、ビックリしちゃたくらいの爆乳ね、あれは。もしかしたら、祥一郎さんは今になって、奥手さんの巨乳に未練ができてるんじゃないでしょうね?」

誉子は喧嘩の後でいつになくテンションが高まっているのか？　ハチャメチャな感じで、児山が面食らうことをポンポンと口にした。山野誉子という女のコは、児山の思っているよりずっと個性的な女性で、これからも以前とは違う彼女を見せてくれるのかもしれない。

「なにを言ってんだよ…」

「でも祥一郎さんの方こそ、どうしてこんな所にいるの？」

「明日になって会社へ行くのが不安だって、自分で昨日そう言ってたじゃないか…もう忘れたのかい？」

「あたしのことが心配になって、それで様子を見にきてくれたってわけ！　ウッソでしょう…ムチャうれしい！」

誉子は天真爛漫《てんしんらんまん》に笑った。初冬になって色あせた空の青へ、彼女の笑い声は高らかにのぼっていった。児山は肩を抱いてやる誉子の笑顔を見ているうちに、心をふさいでいた憂鬱がフと晴れるような気がしていた…。

（完）

著者プロフィール

渡辺かんじ（わたなべかんじ）

昭和38年生まれ

血液型Ｂ型、さそり座

おくて&《と》タカコの恋物語

2001年１月15日　初版第１刷発行

著　者　渡　辺　かんじ

発行者　瓜　谷　綱　延

発行所　株式会社文芸社

〒112-0004　東京都文京区後楽2-23-12

電話　03-3814-1177（代表）

03-3814-2455（営業）

振替　00190-8-728265

印刷所　株式会社エーヴィスシステムズ

乱丁・落丁本はお取り替えいたします。

ISBN4-8355-1270-7 C0093